华文微经典

中国微型小说学会
世界华文微型小说研究会

主持

心 水

飞鸽传书

四川出版集团 ≫ 四川文艺出版社

图书在版编目（ＣＩＰ）数据

飞鸽传书／（澳）心水著． —— 成都：四川文艺出版社，2013.2
（华文微经典）
ISBN 978-7-5411-3673-3

Ⅰ．①飞… Ⅱ．①心… Ⅲ．①小小说－小说集－澳大利亚－现代 Ⅳ．① I611.45

中国版本图书馆 CIP 数据核字（2013）第 031599 号

华文微经典
HUAWEN WEI JINGDIAN
［世界华文微型小说经典］

飞鸽传书
FEIGE CHUANSHU

［澳大利亚］心水　著

选题策划	时上悦读
责任编辑	舒晓利　李淑云
封面设计	所以设计馆

出版发行	四川出版集团　四川文艺出版社
社　　址	四川省成都市槐树街 2 号
网　　址	www.scwys.com
电　　话	028-86259285（发行部）　　028-86259303（编辑部）
传　　真	028-86259306
读者服务	028-86259293

印　　刷	北京山华苑印刷有限责任公司
开　　本	650mm×920mm　1/16
印　　张	13
字　　数	120 千
版　　次	2013 年 4 月第一版
印　　次	2014 年 1 月第二次印刷
书　　号	ISBN 978-7-5411-3673-3
定　　价	35.00 元

华文微经典

作者简介

　　心水，原名黄玉液，祖籍福建同安，在越南巴川省出生，1978 年率领妻子及五名儿女乘渔船逃难，海上漂流十三天、沦落荒岛十七日，怒海余生抵印度尼西亚，翌岁三月移居澳大利亚墨尔本。现任"世界华文作家交流协会"秘书长、"世界华文微型小说研究会"理事。著有两部长篇小说《沉城惊梦》《怒海惊魂》，三册微型小说集、两部散文集与两本诗集；共获海内外十二项文学奖，包括北京"海峡情"散文大赛一等奖。

前言

　　有人曾说，地不分东西南北，凡有人类生活的地方，就有华人的身影。话虽有玩笑的成分，但当前华人遍布世界各地，却也是不争的事实。扎根世界各地的炎黄子孙，他们的生活状况如何？他们的情感世界怎样？他们的所思所想何在？……要找到这些答案，阅读他们以母语写下的文字无疑是最好的方法之一。诚然，并不是有华人的地方就有华文创作，但在一些主要的国家和地区，华文创作几十上百年来一直薪火相传所结出的果实，显然也是令人瞩目的。遗憾的是，因为多种原因，国内的读者多年来对海外的华文创作了解甚少。尤其对广布世界各地的华文微型小说这一重要且具代表性的文体，更只是偶窥一斑而不见全貌。"华文微经典"丛书的出版，可谓弥补了这一缺憾。

　　海外的华文微型小说创作，主要分为东南亚和美澳日欧两大板块。两大板块中，又以东南亚的创作最为积极活跃，成果也更为突出。东南亚华文微型小说创作兴起于二十世纪八十年代初，各国在时间上又略有先后。最早开始有意识地从事微型小说的创作，并且有意识地对这一新文体进行探索、总结和研究，而且创作数量喜人、作品质量达到了一定艺术高度的，是新加坡和马来西亚；稍后于新加坡和马来西亚的是泰国，再后是菲律宾和文莱，再后是印度尼西亚。在发展过程中，各国的创作曾一度因具体的历史原因而存在较大的差距，但这一状况在近十年来正日益得到改善。

美澳日欧板块则因创作者相对分散，在力量的聚集上略逊于东南亚板块。不过网络的发展正在弥补这一缺憾，例如新移民作家利用网络平台对散居各地的创作进行整合，就已显现出聚合的成效。

新移民的创作是海外华文微型小说创作中近十多年来涌现出的一股新力量。尤其是近年来随着作家对当地文化和生活的日渐融入，其创作已日渐呈现出新视野，题材表现也开始渐渐与大陆生活经验拉开了距离，具有了海外写作的特质。

以上是对海外华文微型小说发展的一个简单梳理，而"华文微经典"丛书的出版，正是对这一梳理的具体呈现（为避免有遗珠之憾，丛书也将有别于中国内地写作的港澳地区的华文微型小说写作归入其中）。通过系统、全面、集中的出版，读者不仅可以得见世界范围内华文微型小说创作风姿多样的全貌，更可从中了解世界各地华人的文化与生活状况，感受他们浓郁的文化乡愁，体察他们坚实的社会良知，深入他们博大的人文关怀，触摸他们孜孜不懈的艺术追求。书籍的出版是为了文化和文明的传播与传承，我们希望这一套丛书能实现一些文化担当。我们有太长的时间忽略了对他们的关注，现在是校正这种偏差的时候了。这也正是丛书出版的意义和价值之所在吧。

目录

樱花

　　庭前那棵樱树在仲冬酷寒里突然怒放出累累花颜，含笑催赶春回人间。那朵朵粉红闪入眼帘，像梦拉开记忆的序幕，故国山城大叻①在云雾缭绕中浮现……

　　战火屠城的南越，避暑胜地犹如上天垂怜的净土，令大叻免去血腥。教堂晨钟吸引着四方羔羊前来赎罪，早课后，神父总会对我们几位修士谈谈境内战况，发挥完他的政论，这是最令我兴奋的自由活动时刻。

　　总是习惯性沿石路走完潘廷逢街，穿过市集映眼便见春香湖妩媚地躺卧山脚；那如镜水面有数轮水车轻荡，掀起阵阵涟漪。青翠草坡上间隔有致的樱花把粉红鲜艳色素涂满空间，微风拂掠落英缤纷，花瓣似雨迎面淋下，幽香扑鼻。

---

①大叻：越南林同省省会。

绿茵草坡上偶见白衣如雪长裙飘飘的女学生捧册凝神，樱树旁石椅上那位似曾相识的姑娘含羞展颜。几番相遇终能打破沉默，那张清丽五官隐埋着哀愁，重重心事仿佛早已写满脸面任你朗读。

启唇是中部悦耳的腔调，她灵动如珠的眼睛像藏着千言万语，除去陌生纱巾后急急倾吐。原来她早知我是修士，是主日必来礼拜的教友。同道中人更易交往。她至今仍待字闺中，每日到湖畔看花，其实是在等待去年花期许诺回来下聘的意中人。他是年轻空军中尉，曾到关岛美军总部受训，从十二月初樱花绽放到如今寒冬将尽，满湖花影照人，独独等不到他的踪影。

伊叫雪娥，脸颊红粉绯绯，一如樱花之美。弥撒①颂经时，在数百张容颜中如瞧不见她，心底竟然失落宛若被掏空般，每每神父如刀眼光刺来才惊醒，强按下那颗野马似的心房。

那日天晴，雪娥竟邀我共乘水车绕湖观花。身旁体香令我志忑，默念《天主经》②《玫瑰经》仍难收服，闲谈中她

---

① 弥撒：天主教的一种宗教仪式，用面饼和葡萄酒表示耶稣的身体和血来祭祀天主。
② 《天主经》：宗教祷文。下文《玫瑰经》亦是祷文。

轻声问："修士缘何出家？"

错愕羞愧觍颜答："为逃兵役入空门。"

"停战后还俗吗？"她望着远山白云好像自言自语，没人知晓何年何月始和平。未来是很渺茫而不实在的日子，我从不敢想也不敢回答。那晚夜课后我向神父告解，希望祈祷诵经能减轻我那颗飘动难安的心。

圣诞节后，湖畔樱花已凋零，雪娥倩影不再出现，教堂做弥撒也不见其芳踪。待至翌岁花开时，日日湖畔我独行，衣袂飘飘的女学生如昔，却难觅那熟悉的姿颜。

停战弃国离乡，永别了春香湖。某年，骤然发现前园满树花容，悠悠岁月三十多载，关山远隔，雪娥是永远的谜团。

书痴

陈耻本来名叫光宗，父母要他耀祖之心切，故取此名。

在周岁时双亲为他举行了隆重的"抓周仪式"，在众多物品中，他竟拿起了一本薄薄的书册，围观亲人都为这个未来的"大学者""大学问家"感到兴奋。

果然，有小神童之称的光宗终日沉迷于书堆中，鲜少和同伴一起玩耍；因读书过多，早已配戴了近视眼镜，更落实了书呆子之名。

中学毕业后他不肯再上大学，认为其学识早比那些大学生来得充实，由于独特的见解，对光宗耀祖并不热心；和人交往多了，对人性的虚伪深有感触。婚后数年，妻子难忍其嗜书如命的怪癖，竟然琵琶别抱①。他气愤之余就改名陈耻，

---

①琵琶别抱：旧时指妇女弃夫改嫁。

陈述耻辱，莫忘世人皆可耻，尤其是对女人，充满了敌意。

由于身体赢弱，工作做不长久便因病而被迫失业，他的满腹诗书竟不受赏识，高等职位皆要据文凭而聘任，更令他愤世嫉俗。

越战结束，排华浪潮风起，不甘被奴役的华人，开始奔向汪洋；他一向对那些弃国抛家的人都极端瞧不起。及至越共发动了"没收美伪集团反动书籍"的战役，全南方人民要把家中藏书，除了字典及医药类文字，均须自动清理搬到门口，由地方政权接收。陈耻的数千部各种中文典籍被迫没收了，因此对越共心怀怨恨，遂也决心逃亡。在中国南海上渔船破裂下沉，两百多个难民被海浪冲走，只有三十几个余生者，抓着木块漂浮，最后被邮轮救起。陈耻命不该绝，大难不死被澳洲人道收容了。

陈耻，这个自命不凡的人，却因不懂英语，在移民中心学习了数月英文会话后，觅到一份木厂的流水线操作机械工的工作，每日八时，每周五天或六天。在逃难中认识的越南女子阿娥，也同时被分配到墨市的移民宿舍，两颗寂寞的心及孤独的灵魂如触电般迸出火花。被阿娥的温柔融化，陈耻早已不再痛恨女人，两人同居过着夫妻生活。先后有了一对儿女，全家颇为幸福快乐。

安定后他再度藏书，把余钱都花在购书上，家中的空间渐渐被堆积的各类书籍占据，原先是放在书架上，慢慢走廊通道也是书本，床铺下、饭桌上、客厅座椅和茶几也被厚薄不一的书册占领了。

阿娥对丈夫非常容忍，她是农家女，能嫁给华人已很高兴，何况夫君又是一位有大学问的"秀才"。对那些看不懂的天书，阿娥敬而远之，也没有和先生计较。倒是那对渐渐长大的兄妹时有微词，对父亲藏书极为不满。

有一次中风，醒后阿娥问他，万一不幸，那些书如何处理？陈耻想也不想地说："当然由他们兄妹继承啊，我的遗嘱早写清楚了。"

"他们都不懂中文，如果将来他们不要，我应该怎样安放？"

"他们真不孝，不尊重我的遗愿，就不要做我的子孙；把书通通捐给图书馆好了。"陈耻气愤地怒吼着。

数年后再次爆血管，死年六十二。陈耻的遗愿未能实现，不但儿女不要那万多册无用的中文书，而且阿娥为此去的十多家图书馆，也都客气地拒绝了。

搬迁时，陈耻的儿女最终征得妈妈同意，把家中的中文藏书全载运到废料回收站去了。

宿命

丁竹个子适中，身体略胖，和他的名字颇不相称；给人的印象是既富且贵，但一张脸老挂着严肃相，仿佛心事重重。无人知道他内心的世界，但外表真的很幸福的样子，一对子女已进读大学，妻子贤惠，虽他感觉有"气管严"的征候，也无非为了她全方位的爱情。

说爱情容不下一粒沙，对丁太太来讲绝对恰当。她本来是很大方得体，嫁给丁竹后，从丁家上下闲聊中得知，早年丁老夫人给她这位三代单传的独子排过"紫微斗数"，说他命中注定"双妻命"。

这个无意中传入耳朵的信息对她可是天大的头等大事，若算命先生准确，将来岂非要和别的女人共事一夫？什么都可商议，唯有这件事绝难妥协。

这个阴影像梦魇般深埋心底，她在往后多年的婚姻生活中，除了施尽了媚功外，对丁竹的行动样样掌握，在家庭事业上亦给予许多协助，贤内助之名真的实至名归。

丁竹这些年来偶然心中扬波，幻想命定的另一个娇妻不知何时出现，但念头也是稍纵即逝，根本没有单独应酬或外游的机会。连当年太太"坐月子"时，他也每日要报告行踪，大部分时间还是乖乖地在医院相伴；而且初为人父，那份开心也容不下其他心思。

过了知天命之年，妻子对于鱼水之欢仿若患上了冷感症，再不像往昔，那套媚功早抛之脑后。丁竹早已因为"气管严"成了习惯，没有妻命，真不敢随便有何异动，久而久之，丈夫气势已无存。太太偶尔想起这么多年来对先生的控制，总算平安无事。那个胡说八道的相命先生是应该拆卸招牌的，可惜不知他是死是活。

老丁在婚后几年，因为受不了妻子的严厉对待，暗中也想过反抗，要出轨给她点颜色看。可惜事与愿违，还未有实际行动，计划已完结。他参加了笔友游戏，只通过几封信，连个情啊爱啊的字眼还来不及倾诉，已被太太识破。那次闹得土头灰脸，为了儿女，千错万错他都认了。

前年儿子整日对着计算机，除了功课外，也沉迷于交网友。丁竹和儿子感情特别好，读大一的儿子就把计算机的一些基本知识倾囊相授。于是丁竹闲来就在书斋里上网了。

丁太太对于这类新科技敬而远之，且已年过半百，良人也渐渐老去，难得他不花天酒地，整日待在书斋。起初好奇，试过进去观看，偶然见到他在读新闻或者八卦影像甚至裸女艳照。管了他半辈子，给他开开眼，反正是计算机内的幻影而已，也就由得他了。

丁竹在命相网站上输入了生辰八字，计算机批出来竟然也断定他生来是"双妻命"，而且说必定灵验，因为命不可改。再试神算网页，也有相似的结论，让他平静的心湖再次扬起涟漪。

向儿子查问了如何交网友，明白后他就打出了一张满意的征友个人简介，年龄减了二十岁，把早年英姿雄伟的相片放上去。想不到竟收到了几十个分布各处的异性来邮，经过几个月的交往，从中选到了一位三十年华的女士。两人极为投入，每天易妙（E-mail）往还多封，从无所不谈到了情意绵绵。她叫古灵，患上了忧郁症，但自从"认识"丁竹后，因为爱情的滋润，她已恢复了正常。

彼此投入，又都见过相片，互相了解，到了情根深种的时候，论起了婚嫁，古灵情意浓浓地愿意以身相许，嫁他成为"网妻"。

丁竹大喜过望，心中想当年老母为其批下的"紫微斗数"及最近在网站相命所的判断，果然成真，那竟是他天生的"宿命"，笑意从此挂上了几乎僵化的脸肌。

正计划着如何问老妻让他前往昆士兰，暗中去会一会"网妻"，不意古灵传来了易妙：

阿竹夫君：

　　谢谢你肯娶我这个丑八怪为"妻"，我的相片是撞车前照的，这几年半身不遂后，再无人交往，尤其年初验出我已患上末期血癌。谢谢你，在我生命末期时给我爱情的滋润，送我快乐和希望。我一生从未嫁人，你完成了我的心愿，能成为人妻，来生必好好报答。

　　祝福你，我深爱的夫君，永别了。古灵绝笔。

丁竹的脸颊再次僵硬了……

娃娃

七姑芳名巧萍，并非排行第七，而是姓七，但一般人均以为她是家中老七，她也不愿多解释。她年轻时美艳一方，因而心高气傲，对于追逐裙下的蜂蜂蝶蝶不屑一顾，专心在事业上发展，岁月蹉跎而错过了姻缘道。

年近四十仍然是小姑独处①，外表的风光掩不住内心的空虚与漫漫长夜的寂寞难耐。不少热心的亲朋也关心她的终身大事，可是对于一个多金又有本事的女强人，标梅②已过后，是难上加难，久而久之，她也不再心存幻想了。

天生的母性使她对婴儿特别喜欢，也曾动心要领养一个娃娃，试过到孤儿院参观，抱起时那些别人家的骨肉往往呱

----

① 小姑独处：指少女还没有出嫁。
② 标梅：指女子已到结婚年龄。

呱啼哭，令她手足无措，扫兴而归。

近来上班时心中恍惚，神思老念着孤儿院那群天真有趣的婴孩；忍不住查问领养的手续，才知除了经济能力外，还要短期训练，起码要懂得育婴常识。

在公司闲谈中，七姑老要把话题引向养儿育女方面，已做了妈妈的同事热心地把所知倾囊相授。她是老板，博取老板欢心是每个职员所盼望的，因而只要她提及，大家莫不争相发言。

七姑一离开，她们彼此交换着疑惑的眼色，想不通老板云英未嫁，为何如此热衷于了解育婴知识？众说纷纭却并无定论。

木秘书那天下班，七姑已约好请她吃晚餐，并要秘书相陪去购买婴儿用品，包括手推车、玩具、奶瓶、奶嘴等。

第二天整个办公室早已传开了，有说七姑已有对象、或已决心领养、或早有私生子女种种荒谬的胡乱说辞，自然这些谣言并没有传入七姑的耳朵中。

老板心情佳，对员工也是极好的事，近日七姑再不像往常那样老摆着"晚娘脸"，对同事总是笑容可掬。尤其是那些有了儿女的女同事，能和她交流婴儿种种趣事，她也津津乐道有关小娃娃的妙处。

隐约中大家从她的话语中知悉，七姑真的领养了一个极可爱的女娃娃。晚上够她忙碌呢，但女娃娃会和她笑，也会哭，还会叫她"妈咪"，令她甜到心底。

假日在她住宅区附近的公园里，七姑推着婴儿车散步，在风和日丽花卉盛开鸟语啁啾声中，她享受着宁静的快乐。累了就停下，坐在石椅上，抱起车中的娃娃，轻怜蜜爱，像初为人母那样细心。若远远瞧见，谁也不敢相信这位澳洲商界女强人有那么温柔的一面。

同事们都知老板在家养了个可爱的婴儿，但已经半年多了，不论任何场合或同事间的家庭式友好聚会，七姑从不肯携同养女亮相，只说太小，怕她吵闹。她住的高级豪宅，自从领养了女儿后，再不欢迎朋友前往，因此就无人有缘得见七姑的养女。

那天开完会，七姑回家已迟了个把钟头。往日开门必听到娃娃清脆地叫着"妈咪、妈咪"，可这次一点声音也没有，她吃惊得还没来得及脱鞋，就跑近客厅大沙发，抱起娃娃，左右摇晃，但仍是没半点声响。

她把娃娃反转身，除去外裙，打开娃娃背后的开关，抽出六块圆形电池更换，才弄妥，洋娃娃的定时发音电源已开动了，清亮的声音一声声地叫着："妈咪、妈咪……"

七姑脸上泛起了一抹甜甜的笑意，把她的心肝宝贝搂入怀中……

寿宴

　　带着近视镜的山峰，外形有着浓浓的书生味，在原居地为人师表；移民来澳时正当英年，因为英文不佳，为了养家只好屈就在工厂当机器操作员。周六更要兼职，在日本餐馆做杂工，由于姓山，日本老板一口咬定他是东洋人后裔，也给予优先聘用。

　　无意中读到中日抗战史，当他知道了日军侵华时期，恶名远播的刽子手"山本五十六"这位皇军大将的姓名后，就改用母姓，变成林山峰了。

　　一家人安分地在新乡生活，太太也在一家成衣厂缝纫，四个子女都就读于公立中学。见到父母辛苦挣钱供养，他们也听话上进，放学多到图书馆温习；高考时先后考入莫纳什大学和墨尔本大学，继续进修。

　　林山峰和太太的身体很健康，子女也发育正常，除了冬季偶然的伤风感冒等小毛病外，少有病痛。因此为了节省，并无购买私人医疗保险，多年来也平安度过。澳洲政府实施的教育医疗系统极完善，低收入者根本不必担心。

但唯一不便的是公立牙医，急症脱牙是较方便，其他治疗排期一年半年是等闲事。私人牙医收费惊人高昂，补一颗牙要三千多元，是普通工人数月的工资。因此，每有牙患，林山峰夫妇都到公立牙医处。十之八九被脱掉病牙，改成了假齿，节省又美观，再不必被蛀牙折磨了。

子女们完成学业，一个个羽翼丰满后，便学习洋同学独立去了；往昔吵吵闹闹的家庭如今只剩下两老朝夕相对。子女们也算有心，每月总轮流回去探望已退休的父母；应酬时总会预约把孙儿孙女抱去，让公婆当临时保姆。林山峰夫妇真个求之不得，弄孙乐千金难求，何乐而不为呢。

节日假期，子女们会相约回到老家团聚，顺便祭祭五脏。在外用膳多了，就会想念"母亲餐厅"的巧手。只要儿女肯回来用餐，林太太从早忙到晚，都心甘情愿。山峰却不以为然，老笑着山妻是老奴才。

林山峰的六十大寿将至，从不做寿的他，心中想到竟已活到一甲子，实在高兴，也该好好庆祝一番。问老伴，她推说都是子女们主张，无意问他喜欢如何庆祝，他苦笑着说，无钱无势，怎敢奢望惊动亲友，还是一家人在一起用个餐就是了。

他早年在日本餐馆工作，打烊后的消夜都是小食，真正的日本大餐是不会让杂工们享受的。他多年来老想找个机会试试，但节制有度的人，已无工作，靠退休金过活，能省就省，只是想想，也没真个去试。这次，难得儿女有孝心，都来问他，他含糊地透露给老妻，最好到日本餐厅庆祝。

十月仲春，艳丽夕照中，全家大小分别从不同小城开车到了 Doncaster(东当卡斯特)市一家闻名的西餐厅，到达时，山峰心中有些失望。但如今是奉"子女之命"的年代，他们有心祝寿，已是天大恩惠，还要苛求，明年就会"免了"吧。山峰堆起笑，连餐单大堆餐名也不懂的他，唯有让儿子做主点餐。

悄悄问老伴，为何老远来此庆祝，她说子女告知，这是极有名的餐厅，他们有优惠券，买一送一。山峰心想，原来如此，子女们都会精打细算，也很难得。

热腾腾的牛排，切下去血水仍在，那是二成熟的肉，说很香很好吃；山峰放进口，满嘴义齿不听使唤，用不上力，只好慢慢地嚼。当子女们都用完了，他面前那块牛排还只动了四分之一不到，倒是把薯条和几片胡萝卜都放入胃内，才止住了些饥饿之感。

结账时，才知道周末那些优惠券停用，总共三百多元。几兄妹原先的笑意，仿佛窗外残阳暗淡下去而消失无踪了。

最最开心的是两个孙女，两小无猜地轮流吹蜡烛，一次又一次，山峰望着蛋糕，想着无论如何也要试一块，多年戒甜，六十大寿总不能饿肚子啊……

赔偿

古风是以卖文为生的作家，靠着手上的笔杆子，在拜金的社会中，一切向钱看，他的才华再横溢也无人欣赏。由于过度的操劳已是老态呈现，烟酒是他创作时的依赖物，故经常有腾云驾雾的飘飘感。朋友和他交谈，对他过于偏激的言词颇难接受，因此敬而远之。

人有旦夕之祸，在过马路时摇摇晃晃而被迎面来的一辆轿车碰倒，古风醒来才知身在医院。右手包裹白纱布，无力举动，这一惊非同小可，担心今后是否能再操觚？幸而社会福利部立刻为他发放定期生活津贴以解燃眉之急，医疗费则全由汽车保险公司支付。

三周后出院，他要继续接受物理治疗，从电子仪器刺激手臂肌肉、针灸穴道、游泳池水疗法到各种柔软体操，每日都要花时间去指定的地方做此种种不同的复原医治。三个月后痛楚减少了，可右手再无法握笔，作家的生涯就此终结。

古风心有不甘，没有作品还算是哪门子"作家"？作品等于作家的生命，这是千古不易之真理。正如古代侠士，剑在人存，剑失则身死一样。更难受的是那点社会津贴，无法让他有多余的钱去买烟酒，生活质量大大下降。

　　天无绝人之路，正当彷徨难过时，偶读报纸，见到一则包打赔偿官司的律师事务所广告。而且是打赢后才向对方收费，等于是免费打官司。大喜之余立即电约律师面谈，一切进行顺利。该大律师知道古风是一位名作家后，认为绝对可以为他的当事人，讨回下半生的大笔金钱作为应得的补偿。

　　古风重新振作起来，活着总有希望，不能再写作，无所事事的他便以读书报自娱，并把大量的旧作、剪报、结集、读者来函、电台访问的录音带、新书发布会的相片等过去辉煌史的证明收集齐全，交给律师事务所作为胜诉的有力资料。

　　半年后，开庭前保险公司的律师要求庭外和解，愿意一次性赔款二十二万元；但古风和律师商讨后，认为这是对一个作家的侮辱，区区二十余万如何能替换一名作家的"死亡"？因此，坚定不移地要在庭上见真章。

　　地方民事法庭开审排期到了，古风在律师陪同下出庭。

　　控方代表大律师称其当事人因此次车祸丧失了工作能力，尤其是身为用手写出多本名著的作家如今虽生犹死，身心的痛楚岂是金钱所可补偿？但人总要活下去，因此要求对方赔偿一百五十万元的损失及全部诉讼费。

保险公司的律师侃侃而谈，先说明是交通意外，再问当事人古风：

"古先生是否因为右手受伤，无法再写作而要求上述天文数字的赔偿？"

"当然。"古风事先已得到大律师的指示，不可多言。

"要是我方愿意照数做出古先生所要求的金钱作为赔偿，请问古先生，这笔金钱对您来说和依然能再成为作家，哪一样重要？"

"反对，辩方提出假设性的无理问题，要求我的当事人不必回复。"

"法官大人，这个问题绝对与本案有关。"

"反对无效，请古先生回答此问题。"法官敲下了惊堂木。

古风想想手都废了，何能再写作？我岂能自贬清高，于是回说："自然能再写作比那笔钱更重要。"

辩方大律师有备而来，先称赞了古风的敬业精神，并说明作家最重要的创作来自大脑，右手根本只是创作过程的工具。因此，辩方同意赔偿全部诉讼费并送出一部最新式的声控计算机，古先生从此可用口述输入法去大量创作好的作品，再次恢复古风先生的作家身份及尊严。

法官聆听双方结案陈词后，认为辩方所提合情合理，尤其是当事人已表明，能再成为作家才是他的最终心愿，于是宣判：

　　"保险公司负责此次双方诉讼费三万七千元，赔偿价值四千元最新式声控计算机一套，外加两千元学习声音操作计算机的学费。退庭。"

　　古风聆听完宣判，人似木鸡般的呆立在控方席上……

礼物

三子明哲在澳大利亚长大，考到工商管理硕士学位（MBA）后，受聘为美国计算机科技公司（Computer Sciences Corporation）亚洲区的主管，对喜欢到处旅行的他来说正合适。几年前他被派驻香港，前年转到新加坡，但由于公司业务范围包括了整个亚洲和大洋洲，因此，这个星期在上海，下周飞韩国，再去哪儿，为他安排行程的秘书看来比他还清楚。

明哲到雪梨开会，往往抽空回墨尔本探望父母和兄妹，每次都会带见面礼，送妈妈茶叶、干贝，送我洋酒或红酒。洋化了的儿子不懂中文，但能说流畅的广东话，难得的是对父母有孝心。

五个子女中，老三是唯一由妈妈婉冰亲自养育的孩子，其余全是保姆带大。因此，母子特别投缘，因他经常离家，像空中飞人般，也最让婉冰操心。三两天没接到电话，她就一脸愁容。几年来，每听她唠叨挂念，我立即上网，传封电邮给他，问他人在何处，告诉他母亲在牵挂。

假若他不是在开会，不是办公桌上的计算机或在飞行途中他的手提电脑收到我的"易妙"，家中的电话不久就会响起。有时，我还在打稿，婉冰早先紧绷的脸庞已如春花怒放，笑吟吟地走入书房，告诉我，宝贝仔打电话来啦。

平安夜那天，老三来电，和妈妈倾谈，说和女友及几位香港友人在泰国度假，已经在海滩玩了十一天了，快要飞回新加坡了。我问是在哪儿，婉冰也说不出该处海滩的名字。

翌日，明哲来电向我们祝贺圣诞，是我接的电话，才知道他已返新加坡。父子难得能电谈，因为太太恰巧外出，若她在家，必抢电话争着由她接听，什么仪态礼节都飞到爪哇国啦。终于知悉他去的旅游地方是泰国的布吉和寇立，还说将来一定请我们两老去享受享受。

圣诞节后，印度尼西亚海底九级大地震引起了世纪浩劫的海啸，死亡数字天天增加，从最初报道的几千人到了十几万。居然波及十多个国家。而泰国的布吉和寇立两处海滩胜地已成为废墟，见到电视荧幕上灾区满目疮痍的画面，罹难者遗体堆栈，真是惨不忍睹。

老三福大命大，在那儿玩了十一天，假若意犹未尽，再逗留的话，后果不堪设想。此外，他在的十一天里，若地震提前发生，也还是大难临头。我们全家为明哲逃过劫数而深感庆幸，也为那十多万惨死的无辜之人悲痛。

海啸发生后没几天，老三从雪梨打来电话，声音很哀伤，他的几位德国友人全失踪了，"易妙"他在寇立海滩住过的度假屋相片给我看，说也全被海水卷入汪洋了。

这次到雪梨后，不打算回墨尔本了，因为几个月前才专程回来探望过从美国来的外婆与大姐一家。内人听后不免失望，但知道他很忙，也不便多说。

昨晚九时多，门铃意外大响，打开门后，居然是老三和他的女友。穿着短衣裤，呈现一身肌肉壮健威猛的明哲，笑嘻嘻地拥抱着他妈妈，婉冰难掩惊喜之情，母子情深让身旁的我和他的女友都深深感动。

父子握手为礼，儿子说："爸爸！临时才决定回来，所以没带礼物……"

紧紧握着儿子的手，我只是微笑，然后也难掩兴奋地轻声说："回来就好，回来就好了。"

我心里还有一句话来不及讲："能够再见到你，就是最好的礼物啦！"

明哲已被婉冰拉入厨房要他享用冰冷的西瓜……

谈虎

初次相遇，他双手递出一张印刷精美的名片，彬彬有礼地说："多多指教，我姓谈，谈话的谈，要买新车找我，好朋友都算特价。"声音雄壮，使我耳膜嗡嗡作响，从此对他留下了个粗犷的印象。

果真在挑选汽车时再度交往，他滔滔不绝如数家珍般把几种新车的功能一一比较，仿佛已背诵了千百次导游词的导游。所有内容随口而出，绝难挑剔，和他外表那份粗野颇不相称，真是人不可貌相。

几年间我们由泛泛之交成了老友，节日庆典两家互约一起欢乐。谈太太虽然生育了三名儿女，但注重保养，岁月如水般流过无痕；女儿和她在一起如不介绍一定以为是两姐妹。她那温柔的气质，一看就知道是个典型的贤妻良母。

工余也经常和他到酒吧喝上一两杯啤酒，散散心，松弛一下紧张的情绪。那天大概多灌了几杯下肚，谈虎涨红着脸问我：

"老黄，你家有无多余的空房？如有可否分租给我？"

"你开什么玩笑，喝醉了吗？"我惊讶得几乎不信传入耳朵的话。

"她赶我走，闹着要和我离婚；我已再三道歉，也保证不会有下一次了。可她得理不让人，抓住了我的痛脚，大做文章，要我好看。子女都同情她，全认为我错，不该有婚外情。全世界的人也都说我花心，犯了一次又一次。其实我最初是故意的，后来是身不由己，这次也莫名其妙。但我没想到她那么绝情绝义，这次闹真的呵。"

"都老夫老妻了，儿女也都长大，再闹分居不像话；凡事有商量，总可以大事化小、小事化了。等我今晚去和阿嫂倾谈，她是明理人又是出名的温柔。别想太多了，我送你回去，顺便见见阿嫂。"

谈虎大力摇摇头，再要了酒，我阻挡无效，只好舍命陪君子。

他一边喝一边说，仿佛犯了职业病，我的耳朵唯有借他倾诉：

"以前子女小全信了她，没有人知道我自吞苦水多年，老黄你说，男人最痛苦的是什么？"

他红着双眼，一大口饮下半杯酒，不等我讲就再说下去："我们结婚才两年，她居然和我的朋友发生了不伦之恋，偷偷去约会。那时很穷，住在乡下，全村人都知道了，独独我被蒙在鼓里。为了那才对岁①的女儿，也为了我谈家的面子，连我父母都不敢给知道。赶快搬去城市，口中虽说原谅了她的背叛，但心底再三挣扎，也无法擦去伤痕。脑袋总出现她被那混蛋搂抱的形象。你知道吗？我早已戴了绿帽，我从来不对人讲，只为了自己的颜面，也为了子女，她竟也以为那段不光彩的记忆真的没发生过。"他一口一口地狂饮，想用酒麻醉自己。

谈太太年轻时偷情？真难相信。但若没有，谈虎酒后不会乱说冤枉她。如非亲耳聆听谈虎这些怨言，如何敢想象集神圣、贤惠、温柔等美好于一身的谈太太，竟也有过这么一段风流史？

送他回去已是空荡荡的屋子，谈太太留书出走了。我回到家，妻子说已和谈太太通过电话：谈太太很可怜，满身伤痕，嫁错了郎。只恨年轻时不听老人言，家人反对这场婚姻，说他什么名字不叫，姓谈竟还要改名为虎，真个是"谈虎色变"啊！

我咬着牙强忍着，没有把谈太太当年那段风流史讲出来。

---

①对岁：指孩子一周岁。

网缘

林石丧妻后，谢绝了一切应酬，对相依数十载的老伴的思念之情，令子女都很感动。

他宁愿独居，也不肯搬去和儿子共住，因为难舍与妻子生活了多年的平房，仿佛守着它，太太的魂魄就仍在此住宅与他相处似的。

孝顺的女儿怕老父苦闷，特买了计算机并抽空教会了他上网的知识。林石的英文有点基础，早已会打字，有了计算机，真是如鱼得水。除了读网上的新闻和八卦消息外，也开始用"易妙"联系上部分老友，可是只有极少数人懂得这种新工具，多数同辈者还是用电话，那样比较省事。

无意中发现可以交网友，天南地北，不必理会对方在何处，只要接上，也就是"投缘"，就能无所不谈，比朋友更好，少了顾忌。

林石在众多征友栏内选了几位，每日就在计算机上互通款曲①，从政治、宗教到社会、人生，各方面的话题均热烈讨论。后来与那些意见相违的网友吵了几次，便彼此疏远。

意兴阑珊时，竟有位叫作阿兰的新网友主动应征，她因为良人病逝，寡居寂寞，想找个志同道合的异性朋友打发日子。

林石很感动的是在茫茫网海中，他竟被挑上，每天早晚互诉衷曲，有时一天多封函件。不久，林石对对方的生活起居喜恶几乎了如指掌。阿兰很保守，多次要求下，才寄来照片。

穿着传统旗袍留着长发，五官姣美，风韵犹存，年轻时必是个大美人。红颜天妒，如今竟孑然一身。林石怔怔地对着相片，一份爱怜之心油然而生。

对方也索取回赠，已忘了多久没拍过照了，他也细心选了两张看来依然神采奕奕的旧照寄去。

往后的书信，渐渐涉及了关怀，互吐心声，从儿女经到前尘旧事，畅谈愉悦，双方终于有了强烈的会面的意愿。

幸好对方在雪梨西区，林石以前曾去那儿探访友人数次，算是识途老马。买了机票，兴冲冲地从昆州飞到雪梨，再转火车去卡拉玛打（Cabramatta），阿兰早已在车站迎接。

---

①款曲：指殷勤诚挚的心意。

真有点相见恨晚之感，虽然阿兰比不上照片上那么迷人，却还高贵硬朗。没有想象中的丰满，毕竟光阴无情，彼此彼此，她若不嫌弃，已是万幸啦！

　　阿兰竟有些觍颜，回家途中话不多，林石很想知道她对他的印象是好是坏，但她却笑而不答。她的住处，是两房一厅的公寓，离闹市不远，环境清幽。

　　黄昏之恋，精神慰藉最重要，林石真的有回家的感觉。他对阿兰左看右望，越瞧越顺眼，当初对亡妻那份浓情早已转移在阿兰身上了。

　　"阿兰，早点认识你就好了。"林石忘形地牵着她的手，轻声说。

　　"那你太太呢？你不是在易妙里说她千般好吗？"阿兰缩回手，平静地回应。

　　那晚就寝前，阿兰无意发现林石整个假发放在床沿，口中两排门牙空空如也，脱下眼镜，左眼如线右眼尚存，有点滑稽，比相片老丑多了。

　　她感到一阵恶心，匆匆逃出客房，回到自己的寝室，锁好房门，她脸上微红着，把那头浓密的黑发拿下，镜中的她剩下一头稀疏的银丝。换睡袍时顺手把假乳脱去，恢复平坦收缩的胸脯。她怔怔地对镜，仿佛镜中人不是自己，在岁月魔手的搓揉下，青春年华早已不存。唉！何必多此一举，真是相见不如不见啊。

她改变了主意，陪林石两天。送他回去后，在网上答复他，她不会迁移昆士兰与他共度余生，还是恢复网中情谊，成为彼此在网上无所不谈的网友。

　　林石回家后，怅然若失，百思难解。明明一段好情缘，为何竟成了虚幻的网缘？

杀价

  札里·巴克图鲁希，是来自大陆关外的少数民族，因为姓名太长，在读移民班英文课程时，同学都无法正确呼其全名。后来入乡随俗，就自称札里，把祖宗的姓氏当成了姓名，倒也好叫。他外表有点像土耳其人，仿佛有那么点俄罗斯血统，连他也无法搞清。他长得略高，一头黑发乌亮微鬈，每次都似刚从理发院出来，真令人羡慕。

  定居澳大利亚后，他去超市买用品，在付款时出尽了洋相。他那点有老家口音的英语，细心聆听还能明白。当职员算好货品总值七十元时，札里却咕噜着硬要求把本来应付的价码减半。女职员一脸疑惑，耐心向他解释，超市内所有货物售价都已输入计算机，不能减价。

  为了避免上当，聪明的札里对售货员说："请先让后面的客人付款，好吗？"

  "对不起先生，计算机已打印账单，你得先付了，才轮到后面的人。”

札里心不甘情不愿地勉强掏出钱包，忍痛照单如数付清。然后拿了用品，再站在柜台旁，证实了别人也照单付钱，才肯离去。

翌日，他上课第一件事就问老师：“为什么澳大利亚那么奇怪，买东西不能讨价还价？”

“札里，澳大利亚的商场通常是不二价，但在露天摆卖的地方，如维多利亚市场，就可还价。”语文老师微笑地回应这位新同学。

札里大喜，问明露天市场所在，周日便约了朋友乘车前往。果然，这个市场才像个买卖的地方，人声鼎沸，充耳是一片令人热血沸腾的讨价还价声。

札里从小在靠近俄罗斯边界城镇的家乡长大，母亲教导出外购物，千万记得要和售卖者还价；他们向天要价，我们就该落地还钱。买东西的乐趣，尽在这种你来我往的讨价声中达到，消费者也才不会上当受骗。札里从来将妈妈的教导当成金科玉律，绝未想到有像澳大利亚这鬼地方的超市，居然不给顾客还价。

幸好还有维多利亚市场这好地方，不然生活就要少去了极多的快乐了。札里在此如鱼得水般，不论水果还是物品，甚至根本不必要的家居饰物，合眼缘时，他必定讨价还价。大多时候是买卖不成仁义在，双方都笑嘻嘻的，彼此斗智斗持久能耐；成交时，两方皆乐不可言，都认为自己赢了。

从小养成的习惯很难改变，因而，除非必要，他再少去超市购日用品。一直还是单身的札里，对洋姐逢场作戏是有的，谈到婚娶，心中不免记起母亲耳提面命，要他无论如何娶个汉女为妻。

生性孝顺的札里，早过了而立之龄，几次电谈中，老母亲远在家乡，未忘促他早点找个好妻子。

去年圣诞前夕平安夜的联欢会，他终于遇到了越南来的华裔上官兰，这位仍无男伴的小姐，娇滴滴的样貌惹人怜爱，身材适中，脸庞姣好，言谈有礼，是个有教养的大家闺秀。由于彼此都能用普通话交谈，真是一见如故。从此，两人交往，越来越投缘，想到该是终身厮守的时候了。

越南来的华裔家庭，仍然保持着中华传统风俗，儿女婚姻大事不可随便，要先提亲，订婚、过大礼及完婚等手续不可缺少。订婚前通常女方会向男方表示要多少礼饼、乳猪、聘金等。双方协商条件达成后，婚礼始按部就班进行。

札里提亲后，女方要求聘金九千九百九十九元，取其吉利长长久久之意。札里没忘了凡涉及金钱时都要小心还价，于是想也不多想地将礼金、两只乳猪、十八斤礼饼、八盘水果及四码布料通通减半。

对于札里将聘礼减半，女方为难也有点生气，最后让札里出礼金七千四百九十九元。没想到札里回话，减半是三千七百四十九元。女方无奈，恢复原先的四千九百九十九元算数。可札里兴起，说减半是两千四百九十九元，礼饼也只剩下六斤半、乳猪最多只能一只。

札里为了聘金聘礼杀价的结果，竟然全输了。上官兰认清札里面目，如此计较的男人如何能嫁呢？于是中断情缘，不再与札里谈婚论嫁。

札里被拒绝后，一脸茫然和苦恼，总无法明白，他做错了何事？好好一段姻缘，无疾而终。

放生

　　建在郊区的大悲庙面积不是很大，近似大宅院式。由于香火鼎盛，售卖有关拜祭品的店铺越开越多，把本来的荒郊渐变成了闹市，每逢初一、十五及各种神佛诞辰节日，更是人潮如织。

　　释善德大师是远从神州敦聘请来澳大利亚的，因为开示①有方，深受信众爱护而成为住持。为了适应异域生活，大师也学习了基本英文，不久便考到了驾驶证，出门不必再由庙宇中人接送，彼此都方便。

　　信众们为了免于将来轮回入下三道之苦，故多听从大师，于节日放生祈福：庙前的逍遥池成了被放生的乌龟们的天堂，离庙不远处的小河是各种鱼儿的乐园，邻近草坪是无

①开示：佛门用语。佛门中高僧大德为弟子及信众说法，称为开示。

数雀鸟重获自由的地方。

大师保养有方，外貌清秀，快五十之龄看来还精力充沛，仿佛才过而立之年，有时驾车外出并不穿僧袍，戴上帽子，倒也英气逼人。女信众因而渐增，庙里的香油钱也相对丰收。

信众们为了放生，要去好远的宠物店购买雀鸟，去水族馆买小鱼及乌龟。有经营头脑的人，先后在庙的附近开设了一家水族馆和一间宠物店，每逢节日或斋戒期间人头攒动，生意果然应接不暇。

大师本来用的汽车是日本丰田牌，也不知是庙宇管事大方还是女信众们的善心布施，最近换了一部德国平治车。据说财政年度庙宇也要报税，会计师进言反正要交税，应该买高级汽车，可以扣税。因此医生等专业人士都是驾驶名牌车，"住持"也属专业，应无异议。

庙前的逍遥池不论放生了多少只乌龟，也不见挤满。庙宇附近那家水族店的王老板每于黄昏后必来添香油，顺手代庙宇清理池中乌龟，好像都是顺理成章的事。男女信众又不住在庙内，放生祈福才是他们所关心的善行。

宠物店的卜老板那天在店中宴请大师，佳肴美酒用后，把一个红包交给大师，大师笑着说：

"阿弥陀佛，施主的香油钱应该自己拿到庙里啊！"口中说着，已很自然地把红包放入口袋。

"师父，最近来小店买雀鸟的不多，因此香油钱也较少。我是根据售出鸟数奉献，每只雀鸟抽一元给庙添香油。我决定下月开始，每只捐出两元，请师父多关照啊！"

"阿弥陀佛！"释善德大师告辞时双手合十，一脸庄严相。

初一诵经后释善德大师的开示如下：

"大家都明白行善积福，诸恶莫作，才可免轮回入地狱或畜生或饿鬼道。本月起希望各位善男信女们要多多放生雀鸟，让那雀鸟返回它们的自由天空，诸位就功德无量，阿弥陀佛！"

果然，十五斋期，几乎所有来上香的信徒都带着三五只雀鸟，拜祭后就到草坪上打开鸟笼，霎时间，漫天雀影飞翔。

水族店的王老板还是照样于黄昏后来到庙宇的逍遥池，居然捞不到乌龟。走入大雄宝殿，这次无心添香油了，见不到大师，反而碰到庙祝公，苦着脸说：

"老何，你无论如何要帮帮忙，代我问问大师，为什么最近无人来买金鱼和乌龟放生？"

"你不知道吗？他们都照师父开示放生雀鸟啦！"

"为什么？"

"还不是你太贪心了，用那么低的价格向庙宇收买乌龟，师父肯定是生气了。"

"那怎么办？"王老板赶快拿出个大红包，硬塞入庙祝何老的口袋，"请多多照顾，代我转告师父，以后小店加两倍钱收购逍遥池的乌龟好了。"

换脑

白菊年轻貌美，在基督教家庭成长，对上帝极为虔诚，后来读神学，决心献身教会，有志者事竟成，毕业后顺利成为牧师。

她与芳邻兼中学同窗蓝竹很要好，蓝竹小她一岁，性情温柔，眉清目秀，姿容比不上白菊。

为了让蓝竹得到拯救，白菊经常带她去教堂，为她讲耶稣。但蓝竹自幼皈依佛教，念经茹素，心生慈悲不忍拂逆好友，随缘相陪。

白菊成为牧师后，要为蓝竹主持洗礼被拒，从此疏远。本来是好姐妹，形影不离，实在可惜。

澳大利亚国庆节，社区发起捐献器官运动，白牧师在广场手持播音器宣传。蓝竹从报上得知，救人一命胜造七级浮屠，了解佛义的蓝竹，专程前去填表报名，领回一张器官捐赠卡。

为释前嫌，一周后蓝竹也参加教会旅行团，由白牧师领队到蓝山观光。世事无常，回程时过乌龙江坠车，七死八重伤，轻伤者十余人。

白菊脑震荡昏迷不醒，蓝竹内脏破裂濒死。圣文山医院的急救医生们尽力抢救，并在蓝竹手袋内发现器官捐献卡。

雪梨圣文山医院脑科部门，在张任谦大夫生前主理下，名扬世界，技术领先各国。白菊昏迷三天后，脑内涌血，若不及时手术将危殆，而蓝竹也在第三天不治。

脑科医生们召开紧急会议后，通过手术为白菊换脑；将刚往生的蓝竹脑浆更换给白菊。过了十多个小时，此项破天荒的大手术成功了。

两天后白菊从加护室推出转到疗养病房，开眼一阵迷茫，见到的都是以前芳邻、好姐妹的家人，自己亲人竟都不在。

她合十为礼，轻声说：

"阿弥陀佛！感谢菩萨保佑，我居然没事，其他人都平安吧？白牧师呢？白伯母，谢谢你来看我。"

"阿菊，你就是白牧师啊！你怎么念起佛号了？"白太太一脸惊讶，对女儿的反常之态感到担心。

"白伯母，我是蓝竹，你认错人了。我爸妈呢？为什么没来？"

"可怜的孩子，我就是妈妈，你摔坏脑筋了。上帝保佑，总比死去的蓝竹幸运。"

"阿弥陀佛！蓝竹在你面前呵，白伯母，你回去吧。"

半个月后，情况依然。白府办好出院手续，带白菊回家，面向闺房化妆桌前大镜，镜中人明明就是白牧师。可她言行举止动作，和昔日大相径庭。最为可怕的是她坚持茹素、念佛号，能背诵心经，将对牧师职守全抛到九霄云外，根本就是以前的蓝竹。

教会再也不承认一位只会念佛经的"牧师"，没人明白，走过鬼门关的白菊，竟然变成了蓝竹？

复诊时，为她操刀换脑的主任医生解释："为了让一人存活，只好换脑，你的身体借给蓝竹，一个肉体里藏着两个生命。"

"白菊"从此两家往来，霎时间，多出了另一家的亲人……

隐形

　　常笑身材壮硕，五官端正却不苟言笑，与他的姓名是有点不实。无论是谁，都想不到他会有个外号叫"科学怪人"。因为他脑中所思所想，若非飞航宇宙就是穿越时光，家中到处摆满各种瓶瓶罐罐，以及让人颇难明白的仪器。

　　许多怪念头常会忽然涌现，他总是迫不及待地将唯有他才信的想法输入计算机，也搜索天下各类有关科学信息网站。因而，对于科学话题，友辈中无出其右者。

　　真正的科学家大都对玄学、鬼魂、神迹存疑，常笑却全相信，他认为四度、五度空间及黑洞并不因肉眼难见而不存在。与他见面，滔滔不绝的全是匪夷所思的怪论，久而久之，大家皆怕与他相处，以免耳朵受罪。

　　他在看过科幻影片"隐形人"后，心仪不已，从此一心一意要试验隐形妙法，只要试验成功了，他就可以为所欲为。当然，最困难的是如何解决不留足印的问题，影片中那位笨瓜隐形人就死在足印下，前车之鉴，这点令他耿耿于怀。

常太太不堪良人将她的身体拿来试验，也无法忍受不务正业的丈夫整日疯癫的行为，终于琵琶别抱。常笑并不介怀，心中想着一旦隐形成功，天下美女都可任他挑选，旧的不去新的不来嘛。

经过年余研究和反复试验，隐形药几近大功告成。那天，常笑将多类药剂混合吞饮，一阵天旋地转，头昏难当，仿若醉酒般，脚步浮动。

面向大镜一照，意外发现已无身影。常笑先是一惊，左盼右顾，证实镜中无影；继而哈哈大笑，笑声清晰爽朗，有声无影，隐形术终于成功了。

同座公寓美女甘香，云英未嫁，往昔对他不假辞色，常笑想起就气，立即遁进她闺房，本想一吻芳唇。不意却见到平时端庄佳丽正与人游巫山。常笑一时忘了已经隐形，非礼勿视，赶快转身离去。

麻将声扬，门开处，他步入内，张三、李四、王五和六姑边搓牌边笑谈，他们都是社团侨领，正在攻击甲会长贪污，又说丁主席中饱私囊，再来是丙财政已身陷囹圄，原来社团竟然藏污纳垢，常笑庆幸自己从不参加侨团组织。

右边芳邻是古老师，平素对他极关怀，他轻推木门本想打个招呼。正碰上古老师对老伴说："科学怪人整日疯癫，难怪老婆会红杏出墙。"

"活该！幸好离婚，不然他的绿帽可大一顶呢。"古太太话未完，左颊忽被刮了一巴掌，掌印留痕，吓得疑神疑鬼。

常笑闷闷不乐，没想到一旦隐形，就见了不该见的事，听了不该听的话，知悉了不少道貌岸然的侨领们的真面目。红尘男女，竟都挂着面具掩饰其本来面目，真可怕呢。

回到家，他对能隐形之事，再不感兴趣。雄心壮志霎那间荡然无存，躺在床上，想还原回来做个平常人。可是，他没想到发明了"隐形术"后，竟不知"还原术"是另类高深科技，心急隐形，如今却再无法现身了，整天如游魂般东飘西浮。

再没人见过常笑，仿佛人间蒸发，对他失踪之事，流传多种版本，以讹传讹后，渐渐也如一池春水，不再扬波……

篮子

　　白康求学时是极受女同学欢迎的一个男生，不但功课好，且热心帮人，参加童军团，组织读书会，很有号召力。他的数学及化学练习簿又经常被同学们传阅，借到的人，包括前排那位被称为班花的篮子。

　　篮子靦颜羞赧少言辞，是班上十多位女同学中最文静的，但冷酷的神色，让男生多不敢招惹。看着白康成为女同学们经常谈论的白马王子，她却避之唯恐不及。

　　那些练习簿是身旁的爱玲转借的，爱玲这小妮子老将白康挂在口上，仿佛他早拜在她石榴裙下。

　　有关白康的种种几乎都从她口中得知，时日一久，篮子有意无意间在和爱玲倾谈时，往往不觉将话题转到白康。正投其所好，爱玲侃侃而谈，知无不言、言无不尽。

　　女生们最好奇的是想确认白康的心上人是谁，但总无法如愿，他从没被发现单独与异性相处。篮子心中已泛起了涟漪，无论在过道还是校园操场，相遇时必微笑示好。白康一视同仁地对待着这位平时冷如冰的同学，也不多想为何篮子对他更改态度。

篮子少女情怀如诗似梦，心中的王子终于出现，爱远远地偷望他的侧影；他近在咫尺也会无端地思念。还算术簿时，大胆与他倾谈。

平易近人的白康来者不拒，并不知她一颗心经已将他印上。

毕业后，劳燕分飞。兵祸连年的印支三邦，无数青年的出路，不是从军就是远离故土，再不就是为避军役而四处躲藏，过着不见天日的非人生活。无论哪一类，都不宜成婚。因此，后方适婚女性极多，不少成了外嫁新娘。

篮子一心在等，要等白康开口，非君不嫁，难道这心意他故作不知？兵荒战乱里，那晚，两人终于会面，沿着小路，推着单车，默默地漫步，平常多话的白康，居然有点不知所措。

连吻别也没有，篮子的白马王子就在黑夜中消失了；仿佛人间蒸发似的，再无音信。日子依然要过，岁月无情，女大不中留，婚姻也是女人必经之途。不嫁也得嫁，篮子成为人妻后，白康的影子，时不时显现梦境，惹来丝丝愁绪。随着女儿的诞生，篮子渐渐淡忘了那段刻骨的思念。

越战结束，篮子又想起了生死未卜的白康，明知纵然故人无恙，一切也太迟了，但那颗死去的心，不知如何竟因和平而苏醒。

沦陷的日子越来越难过，夫婿带同篮子母女跟着逃亡潮，幸运怒海余生，终被澳大利亚人道收容而定居墨尔本。

新乡生活安定而宁静，女儿学成未久就出嫁，夫君热心弘扬中华文化及公益事业，竟日不见踪影。退休后的篮子，经常回忆原乡陈年往事，每忆及白康，脸颊不禁泛红。常气恼当初那个笨瓜为何不敢吻她？她多想将初吻奉献给热爱的他啊。

各地纷纷成立校友会，接到加州寄来校刊，急急翻查，果然找到了白康，他远在美国东部，失踪几十年的故人重现，心中念着佛口，眼泪竟不觉在眼眶中滚动。

立即给他发电邮，每日守着计算机，开机查易妙，必先打开白康的来信，若一天没有，就心绪不宁，仿佛回到初恋情怀般。

在往还的电邮中，知道白康当年偷渡不成，被拘监狱中，后被迫从军，越战结束前，随美军部队撤去关岛，再转到加州定居。育有三个子女，还在念大学。太太是逃难时认识的越南人，并非当年同学。

看传来相片，白康已经鬓如霜，她也青春早逝。当年值得傲人的身材，可惜梦中人无缘欣赏，对她是终生的遗憾。

白康的电邮热情似火，篮子越读越开心，本来很想前往加州相会，但沐浴对镜，那身走样的体态，已不堪入目，人老珠黄，相见徒增烦恼。况且彼此都有个美好的家庭，错过的情缘，有缘无分，又何必强求呢？

满足于成为网友，情话浓浓，在虚空中沟通，只祈他生活平安幸福。彼此战乱余生，能再续前缘，上天赐予这份珍贵礼物，已太好了。

不意白康静极思动，竟然不声张地从天而降，忽然到了墨尔本，篮子接到电话，脸红心跳，手足无措……

被告

南北越经过多年战争后终于国土统一，举国欢腾庆祝和平的时刻终于来临了。对于生活在鱼米之乡的两百余万华裔，1975 年 4 月 30 日，西贡总统府被越共坦克车长驱直入后，就注定在异乡的炎黄子孙的悲剧宿命已拉开帷幕。

文源承父业经营咖啡与茶叶生意。在越共展开清算资产买办后，随着全国更换钱币，霎时间市场凋敝，人心彷徨。一向奉公守法的文源竟接到了传票，意外成了"被告"。

令他吃惊的罪名是"故意转移人民财产"。传票指定审讯地点、时间。赶紧找律师，没想到这一被视为旧社会维护资产阶级的行业，早已关闭禁止运作。所有被告，不论轻重罪案、民事刑事，皆要自辩，别无他途。

他百思不解的是从没有转移过分文财产到任何地方或给任何人。带着忐忑不安的心情，踩着脚踏车前往法院（象征资产身份的汽车早已停用），到达始知原是"交通银行"旧址，越共竟然将这座华裔金融机构变成了"临时法庭"。

门外站岗的公安面无表情，询问处的女人睡眼惺忪似身体过度虚弱，连回答的声音也轻如蚊叫。爬上三楼（为了节省能源，新政权的办公大厦电梯多已停用），寂静无人的过道除了单调的脚步声外什么声音也没有，文源仿佛是梦游者进入了太空星球。

闭着的门无法知悉内里乾坤，他为了准时，以免被扣上轻视法庭的罪状，只好大胆将门推开，一道道地寻找。找到左边第五间门外，瞧见小小一个胶牌，印着"越南人民民主共和国初级法院候审厅"，对照传票，果然在此。

门内映入眼帘的是空旷厅堂，长方桌后放了三张座椅，三杯清水满满地要往外泄似的，幸而没溢出来。墙壁正中挂了胡志明的黑白相片和金星红旗。

离桌前不远摆了一张没有靠背的木椅，职员查看了传票和证件，面无表情地指着那张独一无二的木椅，他默默地行去，坐下呆等。

比约定时间迟了半小时，在百般无奈、焦虑中，文源忽见穿着土黄军服的两男一女，仿若幽灵忽然现身。接着又有一位年轻女子，临时搬进桌椅自个儿提笔书写，像是记录员。

女法官开腔，北方声调，口若悬河，像被打开的录音机，行云流水地说：

"被告文源，男性，三十岁，巴川省出生，五官端正没有破相。已婚，有五名子女，从事咖啡、茶叶与洋酒买卖。家住十一郡平泰街，有两部汽车、一栋四层大楼，法商银行户口存款四千三百零六万五千元，交通银行户口存款六百二十万七千元，保险箱一个。是否有错？"

　　"没错。"文源颇感惊讶的是女法官对他的档案如数家珍。

　　"你放在保险箱内所有黄金、钻石、美钞，都转移去给了谁？只要坦白，一切从宽处理。"女法官冷冷的声音回荡，想也不想地脱口而出，她好像早已背熟了。

　　"我根本没有那些东西，哪能转移呢？"他用纯正越语回应，两个男人抬起头，神色有点惊奇，想不通华裔的"被告"却能讲一口流畅越语。

　　"胡说，你没有贵重的珠宝、美钞，开设保险箱做什么？"法官提高了半拍声浪，显示她的愤怒。

　　"我开保险箱是存放证件，如身份证、户口纸、子女报生纸、房屋契约、生意合同。因为平泰区经常发生火灾。"

　　"你才三十岁，有那么多钱财？肯定是非法经营，剥削人民而致富。"

　　"我没有非法经营，都是合法买卖，有纳税和簿记证明。"

　　接下来是双方连串对答，甚至包括了被告的私生活，是否曾与美伪集团勾结等，已近黄昏才停止审讯。

记录员将一纸文件呈给法官，再转回要他签字。上面是两方的对答，文源细心详读后才落笔。

女法官命他起立，聆听宣读审讯后的判决书："被告文源，非法经商剥削劳苦人民致富；转移财产有待深入调查。汽车、店铺、银行存款全冻结，不得买卖及转让，每周要到公安局报到，直至再审为止。"

文源离开法院时，心想汽车、店铺、银行存款，全南方人民都被冻结了，何况是他呢？此后他定时到公安局报到，翌年奔向怒海，才摆脱了"被告"的阴影。

战火

　　干将波其实单名波，干将是少有的复姓，朋友都叫他阿波。他个子不高，身材瘦削，若在未颁总动员令前，是不符从军标准的。但如今全国壮丁由十八岁到四十五岁，只要能行走又没眼瞎，一律要入伍。

　　阿波在一次午夜查户口时被送进"光中三号受训营"，十二周后速成结业，被调到第三军区廿二师团第七步兵旅，驻防越柬边境附近的小镇鹅油郡，这个坐落在一号国道旁的城市，白天市集繁华热闹，看不出经年饱受战火蹂躏。

　　阿波与战友混熟后，才知那么多货品是被边界商家大量采购，再转手卖到柬埔寨的。边防官军也明知不少货物总会落在扮成商人的越共手上，也无计可施。

　　负责防守军营的阿波，和同袍轮流值班，从军后除了受训学习开枪拆枪外，再没有上膛射击过。对于令南方军民闻风丧胆的越共，究竟是何长相？是否三头六臂？使他心中充满好奇。

站岗每三小时换班，白天还能望望蓝天白云和耕地上的农民，晚上就很无聊；又得打起十二分精神，因为越共多是等天黑后才出没。

戊申年（1968年）春节，为了让军民庆祝新年，交战双方协议停火一周，由除夕起先效。南方各城市人民莫不沉浸在节日的兴奋和忙碌中，军队视各指挥规定，让半数部队轮流休假，返家团聚。

阿波是留守营地的一批，要等元宵后始可回去。军令如山，一个下士身不由己，唯有闷闷不乐地每天握着M16步枪，无奈值更。

除夕深夜，守岁的百姓开始燃放鞭炮，噼噼啪啪声不绝于耳，偶尔还有如雷的电光炮响声。大年初一凌晨，正当大伙熟睡时，这些鞭炮声密集地在阿波军营附近呼啸。

然后是一片喊杀之声，守营门的士兵大叫："越共进攻啦，快、快起来……"

接着营内警铃大鸣，终于将所有士兵吵醒，大家匆匆抓起枪械，各就各位，向敌军反击。

来犯的共军从四面形成了包围火网，冲锋枪、AK步枪、迫击炮齐向营地射击。一时火光照耀，枪炮声大作，照明弹也已升空。田野四周人影幢幢，守军齐发的火力反向飞射而出。

滚入战壕内的阿波,吓得六神无主,心慌意乱中不断口中念佛。他紧握着 M16 自动步枪,定神后,枪口朝黑暗火舌喷吐处,扣拨步枪,子弹铜壳连串跳出散落一地,枪口火如蛇舌,不断地喷吐。

许许多多的枪炮声和手榴弹声串成大合奏,凄厉的呼娘唤爷声在烟雾弥漫里变成呻吟,仿佛鬼嚎似的令闻者毛骨悚然。阿波的土坑被越共炮火打中,他来不及呼唤已经昏死过去……

迷糊中阿波呢喃着:"我的左手,我的左手……"

"阿波!醒醒啊,又在做噩梦了?"妻子轻轻推他,他张目,习惯性地去抚摩左手,前段手臂果然空空如也。挣扎着起床,熟练地将床头义肢——那截钢铁怪物扣上左臂。

挥不去的那场梦魇,几十年来经常侵袭他,令他不得安宁。其实越战已经结束三十几年了,戊申春节越共大进攻也已是近四十年的陈年历史了。耄耋之龄,对如烟往事,总难忘怀,而最无奈的是,思绪会不由自主地让时光倒流至过往。

揉着惺忪睡眼,阿波用"铁手"拉开窗帘,户外,墨尔本春光明媚,花园鸟鸣啁啾,风和日丽,新乡生活美如诗画,四周哪有什么枪炮声、硝烟味?

脸谱

　　而立之年继承了令牌，这位肤色白皙，国字脸型，眼光冷淡而笑容可掬的元首，掌权后，以极其残酷的手腕治国——文字狱方兴未艾，全国充满冤、假错案。民营电台、电视台、报纸、杂志全被查封，只剩唯一国营传媒，再无杂音，百姓自然怨恨满怀。

　　嗜好电影的元首与夫人在行宫内看完占士邦的影片后，忧虑不已，担心国内若有占士邦般身手者，终难保安全。突发奇想，以防患于未然。翌日召集内阁近亲，成立专组研制与他五官完全相同的脸谱。

　　未久，传媒发出招募卫士广告，条件优厚，应征者要身高一米七、国字脸、肤白、年在三十以下未婚者。由于失业人口众多，消息广传，截止日竟有多达数百申请表寄至国务院人事处。

　　经过多次面试、考核，有十五人入选，专家培训半年后，这些卫士成功被录用。

他们都住在元首府内，锦衣玉食享之不尽。可人人皆要忘了自己姓名，他们的五官已经由专家为其配上脸谱，照镜时才惊觉竟与元首容貌相同，甚至举止也一样。

那天集合，元首也侧身其中，夫人到达，瞠目结舌不知所措。漫步检验，无法分出何者为其夫君。元首满意大笑，为其成功创举而开心不已。

民不聊生以致民怨沸腾，视死如归的义士纷纷挺身而出，为救国救民于水火而学习荆轲。元首出巡或参加庆典、公开露面时，是行刺的最好时机。

元首车队经过闹市，森严警戒中，忽闻刺耳枪声。元首座车玻璃碎裂，一众随从惊呼，后座血液四溢。车队转向而去，当日传言元首被刺客狙击一枪而殁。

正当不少市民额手称庆，岂知全国新闻广播，元首发表告同胞书的镜头已出现在电视画面上。市区原本的兴奋气氛一扫而光，代之的是一片沉默叹息。

追查杀手全面开展，举国风声鹤唳，不知又增加了多少冤案冤魂。

元旦，行宫广场集合了成千上万的人民，聆听元首贺岁文告；楼头露台元首微笑着向群众挥手，市民鼓掌欢呼，一片国泰民安升平景象。这令来访的邻国总统夫妇深受感动，始知元首苛待人民只是传言？

国旗徐徐上升，忽而自动步枪破空呼啸。露台一片混乱，元首应声倒下。夫人一脸惊慌，等众侍卫一起扶着元首尸体离去，她才赶回行宫内，经过重重关卡，到密室，见到夫君才安心。

电视镜头再次出现元首的笑容。几年来前后多次的行刺，令所有义士惊讶的是，这位残暴统治者比九命猫更幸运，狙击者明明命中目标，然而事后都变成错杀，而致功亏一篑。

国庆大典，元首走在大堆内阁成员中，再次在行宫礼台露面致辞；欢呼、鼓掌、彩旗摇动，场面热闹。礼成时，枪声大作，多位内阁成员倒地，元首也被几颗子弹射杀，当场死亡。

那晚，悲伤的夫人一如往常回到寝室，却见夫君无恙，心中忐忑不安，因为早前被刺身亡的人，曾和她耳语，明明是她夫君啊！难道那位化身竟连声音也学到和她夫君完全一样，连她也难分真假？

夫人为了求证，搂抱元首时，像以前一样用手指在他耳后轻轻撕扯，若是她夫君，便会发笑。可令她万分惊恐的是，脸谱随手被拉开，眼前是张苍白无血的英俊五官，不由分说地强吻她。她挣扎推开，生气地怒斥：

"大胆狂徒，找死吗？元首呢？"

"夫人，我就是元首了。今天的刺杀是我策划的，那暴君罪有应得。我会善待你的，因为你还是元首夫人……"

国庆节被刺杀的有元首的九位亲密战友，传说元首已死，但竟也是谣言。

伟大的元首又在荧光幕上和夫人亲密地接见外宾。令人民百思不解，元首好像转性了，变成另一个人似的——仁慈和蔼，再没有苛待老百姓了……

比翼鸟

认识陈豪是在象棋大赛后，他的棋艺让我输得心服口服。他戴着眼镜，身材修长，外表严肃却斯文有礼，行将六十的人，保养得很好，倒像才过不惑之年。

那天比赛，身旁的女人寸步不离，时而捧茶时而递纸巾，对他无微不至，令我这个刚离婚的男人羡慕不已。心想若妻子有她一半好，我也舍不得和她分手。

陈豪儿孙满堂，提前退休后，全心投入研究象棋。不论出国旅游、社交应酬或参赛，无论到哪里，必定和夫人一起，真是形影不离的好夫妻。

陈太太有个洋名叫朱莉，虽是半老徐娘，因为养尊处优，也实在猜不出其年龄。她总是展现一脸浅笑，给人温柔贤惠的印象。

每次打电话找陈豪，都要用手机，他家的电话经常因子女用计算机而占线。而接听者永远是朱莉，熟稔后，朱莉早已辨认出我的声音，也没多问就将电话交给陈豪。无非是相约见见面，喝顿茶或下几盘棋。

那天因为好奇，试着问他要手机号，他却神色自若地望望身旁的太太说："我们只有一个手机，太太是我的秘书，没必要多买一个电话。"

"老陈，你们真的太恩爱了，简直就像天上的比翼鸟，出双入对，实在少有。"我由衷地赞美。

"哪里哪里，都老夫老妻了，只是习惯罢了。"朱莉微笑着回应。

陈豪也展颜，眼睛凝望着我，仿佛有万语千言，却哽在喉头，半句也吐不出来。

很想和他单独倾谈，可从来无法如愿。因为朱莉就像是他的影子，无处不在。那日，接到他主动来电，心中一喜，终可和他私约到外聊聊天了。

"老陈，后天到史宾威焜煌喝茶，我去接你。"

感觉到他在犹豫，十数秒后居然应承下来。放下电话，想着后天该如何和他单独倾谈？对自己这种过度热心，不禁脸红。

两天后，准时到达陈府。按铃，门开处，朱莉婀娜的身影先出现，随着说："黄先生，请饮茶也该有我份吧？"

陈豪尾随太太，为她开门，轮不到我插嘴，朱莉已经在车后座了。

当天在酒楼，等到朱莉只身离座去洗手间，我赶紧问："老陈，嫂夫人好像看管你看得太紧了吧？为什么？"

"没什么，是我下错了一步棋，满盘皆输。唉！老尚风流，真是自作孽不可恕。"陈豪苦笑着说，又长长地叹了口气。

"想不到老兄是风流才子啊，原来如此，还以为你们像比翼鸟呢！"讲完，我望着刚从洗手间回座的朱莉，竟对自己离婚的决定有说不出的庆幸，独身真好啊！

我的好奇心终于在和陈豪快速的对话中得到满足，那餐茶聚，至少让我感到当初和太太分手是做对了。

是日，陈豪夫妻回到墨尔本东区的豪宅，深深庭园被林荫围绕，整日鸟语花香。没事时，陈豪爱到后园观看争食无花果的鸟雀，也自得其乐。

后园最近常飞来一对比翼鸟，陈豪生气地抓起小石狠狠地扔去，那对受惊的鸟急急振翅，比翼双飞，再也不见踪影。

不意扔石块时竟被太太在他身后瞧见，她瞪眼说："比翼鸟碍你了吗？非要赶走它们。"

陈豪皮笑肉不笑地望着太太，无言地转身回屋内，朱莉摇摇头，也紧紧跟着丈夫进去……

四两命

　　木森和木林是哥儿俩，木森大木林三岁。两兄弟身材肥瘦高矮并无多大分别，但性格却很不同，哥哥悲观弟弟乐观，与之交往，若不知情很难相信他们是昆仲。

　　哥儿俩在原居地打拼天下，知天命之年后为了儿孙的幸福，决定举家移民澳大利亚。难得的是都能抛下一切，这要归功于木林的说服力，让凡事都往坏处想的老大动心。

　　木森提早退休移澳后，很重视对身体的保养，每天清晨散步半小时，回来后打完太极，才进早点。咖啡用代糖、喝脱脂鲜奶，奶酪也选用低脂类，食黑面包、麦片，用不加色素和无糖分原味果酱。摆在餐桌上的还有 Centrum Silver（多种混合维生素片）、Caltrate（钙片）、Nature Made 500mg 的维生素 C、蜂王浆、鱼肝油等，都是在早餐后吞服。

　　听说游泳能增进健康，木森就每周数次驾车前往室内泳池，在温水中运动；再泡桑拿浴然后高温焗一身汗，其爽无比。

他从不抽烟，晚餐喝半杯红酒，说可以防心脏心肌多种疾病；还要太太专为他烧糙米饭，据传常食糙米可以百病不侵也！

也不知是否由于墨尔本的怪天气，秋冬时木森左腿关节便作痛，上下楼梯要按着扶手，医生给他开了Celebrex（抗关节炎药）200mg的药片，果然未久风湿就好了。可是没想到又惹上了胃痛，唯有往见家庭医生再转专医，又是照X光又验血验尿，能验的心肝肺腑都要医生为他检验，结果血糖、血压、血脂、胆固醇、体重样样都正常。

木森心里自是高兴万分，每见到木林，都把他的保健心得介绍给弟弟，他将自己上述的生活起居、饮食习惯，如数家珍地陈说；并苦口婆心地要木林学他，每天大清早去散步、打太极，再去游泳、泡桑拿、焗汗等，什么好处都说得一清二楚了，可木林就是泥牛般不为所动，还反问他：

"大哥，要我像你那么辛苦，活得那么累，我才不稀罕长命百岁呢！"

"起码你也要戒酒戒烟啊！"

"你真是不可救药的悲观者，我正和你相反：不享受人生，为什么要做人呢？我喝酒抽烟打打四方城，大鱼大肉龙虾螃蟹、冰激凌蛋糕甜品样样美味都食，才没恒心天天散步游泳，澳大利亚的营养已够丰富，更不必花钱去买那么多维生素和蜂王浆，我觉得你是在受罪。我都快六十了，你大我三岁，六十三了吧，何必把生活弄得那么紧张。大哥，学学我吧，多快乐呢！"木林滔滔不绝，停了一阵子，忽然又往下讲："对了，大嫂还说你天天出门时都要含几片洋参，真的吗？"

"是啊，提神又补气，洋参益寿，有何不好？"木森又想推销他的养生术，哥儿俩话不投机，木林笑嘻嘻地丢下一句：

"大哥，你明知我是四两命的人，就不要再费唇舌啦！"

弟弟走后，木森想不通四两命和自己先前推销养生的话有何辚辘？他一向不迷信，总认为老二走火入魔，拿健康开玩笑。那天到老二家，无意在书架上发现了一本《通胜》①，翻到称骨歌②上，四两命条目印着：

"平生之禄是绵长，件件心中自主张，前面风霜都受过，后来必定享安康。"

终于明白弟弟是"件件心中自主张"，从小到大果真是他的写照，自己不禁哑然失笑，这个爱自作主张的人，向他

---

① 《通胜》：本称《通书》，但广东人认为"书"与"输"同音，故反其意名之曰"通胜"。这本书说白了就是旧时的黄历，介绍吉凶宜忌、生肖运程等。
② 称骨歌：《通胜》中的一种有趣推命法，相传是唐代的袁天罡发明的。

说教无疑是对牛弹琴了。

哥儿俩各有各忙，除了节日才会见见面，从那次后，木森也不再规劝弟弟，以免伤了手足情。

时光匆匆，一年后某夜，木森在全无征兆下忽然心血管爆裂，救护车载入医院，抢救无效而逝世，享年六十三岁。

木林在灵堂前向哥哥拜祭时，望着木森的遗照，百感交集，喃喃自语地说："大哥，你活得真够累啊，安息吧！"

金秘书

　　金弛是东北人，体态丰盈，婀娜多姿，算得上是美人胚子，随着留学大潮只身来到澳大利亚，通过学店的签证，半工半读。因为祖母曾当过某将军的秘书，母亲也是秘书出身，且一直是市长的得力助手，亦因此关系她才顺利拿到离境许可。

　　通不过大学入学试，为了不想做粗活，她转到了墨尔本工专报读秘书课程，也算是继承祖母和母亲的衣钵。

　　她轻颦浅笑时，五官盈满了甜味，石榴裙下不乏蜂蝶缭绕，热情似火的洋人更是今天送花明日送礼。金弛却一一周旋，大小礼物照收，要在那堆追求者中慢慢挑选金龟婿。

　　秘书课程修完后，她很快找到了工作，在一家华人经营的入口公司任职，老板卜成才事业心重，年近不惑尚未成婚。面试时，见到金弛的刹那，他心中一动，宛若触电，几乎不必多加测试便已谈妥条件。

上班后金弛发挥了所学专业，小小的入口公司，对她来说真是胜任有余。但一念及同是秘书，祖母的上司是将军，妈妈是市长的助手，自己却那么无用，只是商人的职员，真是每况愈下，心中多少有点不是滋味。

所谓近水楼台先得月，卜成才自从聘请了这个美艳多才的秘书后，到办公室再无往昔般懒洋洋，反之是精神饱满，对秘书轻声细语，仿佛怕小姐芳心不喜似的。女性天生的第六感，早已嗅察到老板的心思了。

她不动声色，工作尽力完成，六个月后才开口说明要公司为她办工作签证，卜老板爽快地为她加签了一年期。

卜成才因为乐善好施，大小社团莫不争相邀请他为名誉顾问，请柬往往写上了先生夫人，使他哭笑不得。而金秘书在回复那些团体时，乖巧地说明只有卜先生一人赴约。

未久，在一些重大庆典的鸡尾酒会上，大家对卜成才董事长身旁的女伴刮目相看，经过猜测探询，才知是他的秘书。

卜成才终于应允出任维州一个华裔社团的领导，成为众多芝麻绿豆会的会长之一。但他比别的会长出色的是，开会时，会议记录是会中秘书在动手；他身边却静静地坐着私人秘书，或看书或开着手提电脑在上网，仿佛是透明人，一点也不影响大家。

"卜会长，您别忘了下周三移民局的招待会。"散会时外务副会长提醒说。

"金秘书，请把黄副会长的提示记下来。"卜成才温柔地对金秘书说。

"是的，卜先生。"金秘书拿出电子记事簿立即输入。

"卜会长，还有维州华文作家协会的新书发行礼，定在 4 月 24 日下午，这是请帖。"副会长又拿出了邀柬。

金秘书不等指示已代接下，并且输入了电子记事簿。理事们对于卜会长拥有如此漂亮能干的秘书都非常羡慕，未几在侨社已传为佳话。

金秘书的出色表现被传颂后，不少团体都来邀她参加，但先后被她婉拒。为了卜成才的业务关系，在老板的要求下，勉为其难的她破例出任了某少数民族妇女会的会长及几个社团的中英文秘书，金弛忽然成了大忙人。

回到家，卜成才摇身一变，再也不是老板。年初注册结婚后，金弛再不必为了居留而烦恼，她早已成了卜太太。

大小家务全由卜成才包办，两人协定婚后对外不公布，在外她仍是他的秘书，回家她就是老板娘，他变成了唯命是从的"良人"兼全职总务、司机、秘书。

"妇女会的新章程已改好，明日开会要用。老公，拜托今晚打好，我先睡了，晚安。"

"晚安！"卜成才苦笑着接过一大堆文件，望着太太那迷人的背影，心中却溢满甜蜜……

狐狸精

　　阿磊真的姓阿，这个姓氏很易被人混淆，以为是亲昵称呼，在小名前加上个"阿"字，比如阿强、阿国、阿明、阿花等。

　　母亲给她起这个名字，是要她将来做个"光明磊落"的人，所以单名叫"磊"。她长得如出水芙蓉，一张瓜子脸配上了对灵敏的眼睛，外貌清美，性格活泼好动。从小因为难得与父亲相处，母亲过分溺爱，任由她胡闹使性子，也不打骂，久而久之，便养成了小姐脾气。

　　最近，阿磊忽然变了个人似的，宁静安定，见人满脸挂笑，无人时，更自对镜子左顾右盼，时而欢欢喜喜，时而愁眉不展。

　　正所谓"十月芥菜"，怀春少女本来就如此，只是当事人往往身在雾中，患得患失而不自知。冷眼旁观的阿太太，对这个独生宝贝女儿的变化，有点无所适从。

那天难得女儿待在家中和她共享晚饭，便试探着问："阿磊，你是不是有了男朋友？"

阿磊脸上泛红，扭捏地说："妈！你怎会知道？"

"能做你妈妈，生你养你，对你言行，妈还不清楚吗？什么时候带他回来让妈认识。"

"还早嘛，才交往了一年，也不知人家对我是否真心。"

"有机会最好带回家，让妈见见，给你点意见，好吗？"

"那么快见家长，会吓到他的，迟些日子吧，等圣诞节前再安排。"

"还要半年那么久？唉！妈都依你好了。"

半年快乐的时光易过，转眼佳节即在眼前，阿太太没忘了女儿的话。正想旧事重提，但近来阿磊一改早出晚归的习惯，几乎愁容满面，郁郁寡欢，整日待在闺房中。那天，实在忍不住，阿太太推开女儿的房门，见她正在撕碎一叠信。

"乖女儿，发生了什么事？你别激动，慢慢对妈讲。"

"妈！戈辉那浑蛋不是人，他被狐狸精迷上，再不要我了，哇——"

阿磊压抑在心中的秘密被母亲识破，对被男友遗弃的不忿，如山洪暴发，伏在妈妈的肩膀上尽情发泄。

"对那种没良心的负心人不必难过，早知更好，可免将来后悔呢！"阿太太安慰着女儿。

"不！妈，我要找他算账，你陪我去，好不好？"

"好！让我们去骂骂那个负心汉，为你出口气。"爱女心切的阿太太，看到阿磊如此伤心，也忍不住要为女儿讨回公道。

第二天黄昏，母女驾车按址找到博士山戈辉的住家，阿磊也从没到过他家，以前约会都在海滩、公园或影院及餐厅，因而，找了好一阵子，才在半山区的小街找到那所平房。

按铃，应门的是位风姿绰约的女士，身旁还有个三四岁的天真美丽小女孩，睁着对黑眼睛好奇地望着两位不速之客。

"请问戈辉先生在家吗？"阿太太颇感意外地问。

"他还没下班呢，太太，请问找我先生有什么事？"

"什么？你是戈辉的太太？"阿磊脸色发青，手脚冰冷，惊讶地面对着这个被她诅咒过无数次的"狐狸精"。

"是啊！"她略侧身对小女儿说，"戈玲，快叫阿姨。要不要进来等，我先生大概会晚点才回来。"

"对不起！我们改日再来。打扰了，戈太太。"阿太太脸红着挽起阿磊冰冷的手，返身落荒地离开……

水教授

"吹皱一池春水！"这句话是水教授的口头禅。水教授是个体态瘦长略显憔悴的中年人，打着一条歪歪斜斜的领带，手提公事袋，往来匆匆，总给人一种忙得不可开交的印象。

其实，水教授千真万确是姓水，在万家姓中排行第946位，第949位才是孔夫子的尊姓"孔"字！[①]

水教授早年在雪梨图书馆开班传授书画，学生大半是未成年的黄皮香蕉。近几年来因为西方国家兴起中国热，对中华文化充满着敬仰及好奇的洋老先生洋老夫人们，在图书馆报告栏上读到有专家"教授中国书画"，便相约前往学习。

为了生意兴隆，门庭若市，纵然是在"弘扬中华文化"，也有必要广事宣传。西方国家广告事业发达，有目共睹。没

[①]参考由中国台湾鬼谷子学术研究会出版，黄逢时主编的《中华道统血脉延年》。

做广告的企业，必定没落。水教授深明主流社会的生存大道，因而放下自尊心，花点小钱刊发招生启事。果然，洋学生趋之若鹜，求学者日众。

地方小报由于水教授的广告版位要求越来越大，对这位专家自然刮目相看。于是身为记者的我，被总编辑派去专访水教授。

身为大忙人的教授，要安排时间见面也真不容易。恰巧他正忙于准备将他多年作品展览，这也是社区一大事。联系上后，幸而水教授没摆架子，约我一起在展览开幕酒会后，顺便做专访。

开幕酒会在恺悦大酒店举行，冠盖云集不在话下。展览大厅墙壁四周琳琅满目的字画，真让人眼花缭乱。展出的作品不但有花草树木，也有鱼鸟、动物和山山水水。对于我这个学过油画的记者来说，对中国书画当然是门外汉，自难评鉴。

即席挥毫是开幕酒会的压轴好戏，播音机适时放出了摇滚乐。但见穿着中山装的水教授卷起长衫袖口，在地板上那张长达四尺的白纸上，举着扫帚似的大毛笔，摇摆身体在旋律中挥舞成无人读懂的"狂草"。掌声如雷不绝于耳，闪光灯如烟花耀眼。作为水教授的同胞，见他在洋人面前能有此风头，脸上也有不少光。

围观的人极多，站在我面前的是两夫妇带着几个儿女。

小朋友正在争论着那幅看似生风，题名为《百兽之王》的画作：

"Teresa！你真的认为画的是老虎吗？"

"Paul！我学过中文，题目说明是'老虎'，肯定没错。"

"根本是一只大猫 (=^　^=) 啊！不信，你问爸爸。"

童真可爱，我左看右睇，题名是虎没错，画中却是大猫 (=^　^=)。我对水教授的画技真的好佩服，至少比我的抽象油画高明，是虎又是猫，真不简单啊。

专访时，我忽然想起有关虎猫的争论，水教授笑着说：

"是猫是虎，吹皱一池春水嘛！猫虎同科，难道你当记者的也不懂吗？"

我赶快转换话题："水教授，您挥毫书法为何要像跳舞才能下笔？"

"你不觉得我的字比颜真卿、张大千和于右任的都好吗？全是音乐和舞蹈的效果。洋人都受落①呢。"

"水教授，最后的问题是可否示知您是哪家大学的教授？"

"吹皱一池春水啊！你老兄怎么做记者的？"他没说完，立从公文包中抽出随身带着的一张聘书，"你看看聘书，如

---

①受落：接受之意。

假包换。"

我毕恭毕敬地接过"聘书",是"南斯拉夫大学"颁发的艺术系"客座教授"证明。心想,"客座教授"怎能当"教授"印在名片上呢?

专访完后,握别时,望着水教授那张疲惫的瘦脸庞,心中踟蹰不已,这篇访稿难倒了我,真不知如何向报社交差。唉!真是"吹皱一池春水"啊!

致 谢 词

　　花娇娘小时候随父母从越南乘渔船到达印度尼西亚，被澳大利亚人道收容而移居墨尔本。那年她才六岁，长大后对故园几乎再无记忆。之所以还能讲乡音，全靠父母在家中严禁说英语。

　　长得亭亭玉立后的娇娘，拜倒石榴裙下者大乏其人，可总无法让她倾心。因为异性乡人多不会生活，只顾日夜工作赚钱，追求她仿佛为了装点门面，找个妻子回来传宗接代，洋化的娇娘对这种婚姻从心底抗拒。更甚者，不少同乡姐妹嫁后，未几那班一丈之夫借口回国发展，莫不包养二奶或三奶。这让她引以为戒，发誓决不嫁与同乡。

　　在学校，娇娘经常参加各式各样的活动，她性格外向，人缘自也极佳；她的口才，也因辩论会的比赛，多次获奖而扬名。自然所讲皆是英语，乡人对这位自视甚高的女才子，知之不详。

同乡异性多次前来提亲被拒，令其父母担忧。两老耳提面命，女大不中留，要女儿早日觅个夫婿，好让双亲了结心愿。惜事与愿违，合眼缘者，多为洋青年，何况早已决心不与乡人缔良缘。

喜欢讲话的她，从社交圈中知悉，乡人并不知其才华。苦无机会发挥，有几次聚会，她本要侃侃而谈，但用乡音总无法畅所欲言，词不达意，因而却步。

人生无常，其母忽然病逝，哀痛为母办后事。对家乡种种风俗一知半解，白事的繁文缛节，都要靠乡中族长协助。

她花容憔悴，伤心欲绝，念及母亲未了心愿而离世，格外悲恸；对治丧事又难插手，唯一要做的事，是出殡日由她代表家属致谢辞。

殡仪馆灵堂布置全依乡中习俗，上香者络绎不绝；穿孝服的一众子侄辈跪在灵侧还礼，右方僧尼念经声抑扬顿挫。

司仪英、越语介绍了死者生平后，轮到家属致谢辞。花娇娘一身孝衣素服，婀娜莲步上前，手握麦克风发言，对着百多位前来吊丧的乡亲父老们，用英语开腔：

"女士们先生们，感谢诸位前来向我母亲辞别，我们都有一天要在这种地方举行丧礼，只是迟或早的事而已。因此，在人生路上，男士们，千万记住不要包二奶、包三奶，那是天理不容的事，尤其是对女士们的不尊重，破坏家庭的和谐。幸福的婚姻是终身都要一夫一妻，不能越轨，这里是澳大利亚社会，是不容忍男人们包二奶、养情妇的事发生的……"

全场鸦雀无声，大半乡人听不明她的英语，听懂的开始窃窃私语，继而声浪提高而不耐烦，大家纷纷议论，都说哪有在母亲的灵堂告别仪式致辞时，教训男人们不能包养二奶三奶的？更有人在问，是否花娇娘的爸爸包二奶三奶而气死了她的妈妈？

花娇娘一时兴起，尽量发挥她的口才，侃侃而谈。灵堂前来吊唁的乡亲已经陆续悄悄离去，最后等她讲完，已走了三分之二。随灵车上坟场的人已无几，花娇娘不明白发生了何事？没人告诉她，她也想不通，为何乡亲们会如此冷漠……

大老板

　　大老板长袖善舞，黑白两道人脉都强，挺着个微凸的肚腩，左手带着公文包，右手不离电话，让人感到真是个大忙人。

　　他早年在东南亚亦是富甲一方，移民来澳大利亚后，本想提早退休，但闲不下来的性格，总要找点事做做，好打发日子。于是东山再起，开了家贸易公司，由于大陆开放，商机无限，他便成为澳中两地穿梭的"爱国红顶商家"。

　　适中的身材，走路急迫，人未到仿若有阵旋风刮至，老远就会听到他高分贝的声浪，识与否都会对他刮目。小小的公司，行外之人也难明是从事何种贸易。都称大老板，拿到名片，才知是姓大，单名龙。因为在商场混，久而久之，旧遇新知都以"大老板"称谓，喜而略其名。

　　想在大陆增加身价，闻说可托唐人街之鼠弄个"太平绅士"封衔；未久，果然有钱能使鬼推磨，拿到了令不知内情者羡慕不已的绅士名头招摇，何乐而不为呢？大老板从此在名片上除印上原有十余个社团职位外，将"太平绅士"印在最上角。而且红白二事的贺、挽词，都不忘加上"太平绅士"四字，唯恐读者不知。

大老板经常神龙见首不见尾，真是名副其实，大龙果然名不虚传也。但人纵然没出现，只要打开澳大利亚的中文报，总可以在大堆社团活动的消息中，读到大老板的捐款，听说都是事先在越洋电话中答应认捐的数目。两百元或三百元，虽不算太多的钱，但钱少怕长计，累积下一年也要两三万澳元，已经是一位小职员的年薪啦。

对大老板的热心公益，我心仪已久，早想为他写一篇专文，向读者广为介绍。又因他是报社的长期广告支持客户，社长也乐于发表这种扬善的吹捧文字。

那晚大老板约我到雪梨华埠东海大酒楼倾谈，好完成我心愿，恰巧有个广东经贸团前来访问，居然是大老板邀请来的团体。我有幸敬陪末座，席间谈笑风生，桌上是XO美酒、群翅、龙虾、青边鲍、三刀鱼等佳肴，心想这一餐少说也要千元，大老板有此社会地位，若无本钱真难成事也。

我总无法在众人猜酒令中做访问，看来此行除了享用到美味佳肴外，唯有另约时日为他专访了。

"各位，不醉无归，这位是澳大利亚的大侨领欧阳武董事长，也是我的好朋友。真巧，欧阳董事长才从香港回来，我们真有缘啊,一起干杯。"大老板有几分酒意拍着来人肩膀,亲热地说。

"大家好,多喝点啊!"欧阳武微笑着向席间的广东乡亲招呼。然后,大老板将他拉到柜台前,也不知谈什么,由于职业性的敏感,我好奇地望过去,竟然见到欧阳先生掏腰包,拿出金卡给柜台。

酒席尾声时,众广东嘉宾都举杯,一齐敬大老板,同声说:"谢谢大老板的招待。"

几周后,在唐人街意外碰到欧阳武董事长,他热情地硬要请我饮。对这位德高望重的大侨领,我也向来敬重,盛情难却,就一道去酒楼饮午茶。聊天中,不意欧阳武对我说:

"我那晚真倒霉,居然踫到瘟神大龙。他要求我江湖救急,说忘了带钱包,要我先代他结账,借了七百二十元,说几天后还我,就不了了之。最气人的是我当了老衬,大家都感谢他。这种人,居然也能混到今天。"

"欧阳先生,可能大老板没空呢,或一时忘了?"我瞠目结舌,真不敢相信。

"后生仔,你当记者,不知道社会上有厚黑学这种混混吗?以后见到都要避之则吉也。"

"……"

后来,又听到不少关于大老板施展厚黑学高招的江湖传闻,对他专访的念头,终于打消了。

妻命难违

　　阿佳深度近视，带着厚厚的眼镜，脸型略长，说话音亮，人未至往往先闻其声，因为姓田，老友们遂以田鸡[1]称之。我是在钓鱼俱乐部认识他的，颇感投缘，相聚甚欢，哥儿俩常结伴到墨尔本周边海域垂钓。自然，他的经验较我丰富，所获更多，但回家时必平均分鱼，家中饭桌上的海鲜美味令老妻欢颜。

　　可是好景不长，田太皈依佛教后，不但改为素食，还禁止丈夫钓鱼杀生。田鸡唯命是从，工余无聊就约我对弈象棋，有时摆上了棋盘欲罢不能地连战几盘，总要分出胜负。棋艺我比他高超，他不服输时，经常玩至半夜才暂停。幸而两家同在史宾威市落户，相距极近，三四分钟车程而已。

---

[1]田鸡：粤语中"佳""鸡"的谐音。

未知何因，田鸡忽然不来找我对弈了，我只好往访，田太客气殷勤招待，倾谈中原来夫妻俩又为了田鸡外出过多而吵嘴。由我去找他下棋也不方便，因他三位千金要安静温习功课，怕我们忘形欢笑令她们分心。甭看他牛高马大声如洪钟，却是十足季常一个，唯妻命是从，真的再也不敢来我家了。

那夜电话忽响，是田鸡兴奋的声音："老黄，我们来下棋，你找出棋盘摆好棋子，就用电话传杀，三盘定输赢。"

这倒也新鲜，恭敬不如从命，我们如此这般又能对弈了，漫漫长夜也算最好的消遣，只花个电话费，马二进三、车四平八、将军之声四起，虽不能面对面厮杀，也聊胜于无，依然能过过象棋瘾。

大约几个月后，因为晚间我们在电话中博弈，长久占了电话线路，不少朋友打不进来，田太又发雌威，闺房严令再禁田鸡在电话中下象棋，我们只好随缘停止这种特别的娱乐。

哈！天无绝人之路，正当我们百般无聊时，又想到新玩意，彼此分别挑战计算机，和计算机象棋的程序比赛，但总无法超越，渐渐冷却了那股兴趣。要玩总有方法，我们都上网了，从此沉迷于与网友们交流，真是不亦乐乎！

田鸡参加了网页上的爱情俱乐部，和五湖四海的各式女人大谈风月，情话绵绵。田太每晚做夜课，诵经念佛燃香敲木鱼，虔诚到把"一丈之夫"冷落了。反正明知他言听计从，不许杀生就不去钓鱼，禁止夜游便不敢找老黄，说久占电话线就乖乖放弃弈棋。因此，如今见他对着冷冰冰的小小荧光幕，也任之由之了。

如花似玉的二八青春美女秀媚，传来巧笑醉人的玉照，比之黄面婆好样十倍，交流了数月，倾尽心中情后，田鸡难禁诱惑，主动提出会面。网友也大方同意，相约周六上午十时到皇冠赌场的影院前碰头。大家约定所穿衣服颜色，准时赴会。

田鸡骗老婆说工厂周六加班，一早出门，在清冷的赌场内游逛。电影院门前几乎无人，田鸡心中焦急地等待佳人来临，也幻想着她的千娇百媚，寻思着自己拿十五年前的旧照电传骗她，不知应如何解释？

那位姗姗来迟的伊人果然穿了浅黄衬衫配着黑裙，东张西望，田鸡趋近才从厚镜片中发现"秀媚"比家中鸡婆老十几二十年，岂有此理，不甘寂寞的老太婆，竟然用三十年前的旧相片来征友。

田鸡上了大当后，回家闷闷不乐，气愤地切断了网线，发誓不再上网了。那天我们偶遇于市集，他大吐苦水，令我笑到合不拢嘴，回家转告老妻，她竟不动声色，日日等我上网时借故进书房来观看我的电子邮件……

同床同梦

公木国过了不惑之年，事业有成后，那颗心不知不觉开始了晃动，回家面对糟糠妻，总有这样那样的挑剔，久而久之，自然严重影响了夫妻间的和谐。

公木是复姓，也是中华民族万姓中已经没落的姓氏之一，因此，不少新朋友都以公先生称呼，要经当事人改正后，才明白公先生应该是公木先生。可能有个特别的复姓，在社交圈中都容易记得他。

公木国是国字形的脸庞，恰如其名。和他混熟了的人都改叫他公木。不知内情的新交，也许以为这张长着国字脸、戴镀金眼镜、目不斜视的成功商人，是姓公名木了。

夫妻的争吵起因无非是家常小事，后来一方变得疑神疑鬼，另一方总觉得是无理取闹，能忍就忍；忍无可忍时自然反驳几句，持续后，小事也渐渐化为大事了。

公木初始为了怕烦，公事完后不愿立即回家，以免对着那张日渐松弛的脸颊，以及因年华渐逝姿色日褪的唠叨女人。公木一般不是在酒家消磨长夜，就是正经的商务酬酢，往往喝到七八分醉意始归。

公木太太闺名小红，其实是很传统的那类贤妻良母型的女人，移民新乡后，刻苦地在工厂操作流水线生产胶类用品。等到先生事业有成，才一心一意扮演好母亲及好太太，专心侍候三个儿女和她的夫君。

无情岁月对女人来说，就是杀手，书上明明描写着中年妇女"风韵犹存"，说什么依然妩媚动人，说什么更加成熟，但看在老公眼中，似乎并非那回事，他虽笑着问过她，为何"地心吸力"那么快把她本来坚挺的双峰吸到微微低垂了？

所谓言者无心，听者有意，小红开始重视运动，美容化妆品买了一大堆，无非想为"悦己者容"，希望能补救那因地心吸力而变形的身段。

闺中好友们相见，交往些治家心得，也说起女人的种种不幸，尤其是夫婿名成利就后，往往见异思迁。她们之会变形，实在是被老公糟蹋、搓揉、摧残而成，等到青春不再，男人也就以种种借口，去找年轻姑娘了。

公木在外是否有别的女人，是小红最为关心的头等大事，她用尽办法，直接和间接地多方暗中查探，总无法找出丈夫的破绽。夫妻间由于矛盾不断，争辩吵嚷而裂痕日增，除了家无宁日外，自然而然也成了名存实亡的怨偶了。

公木无意中遇到了一位活跃于社交界的女强人，这位有几分姿色又已数度离婚的名女人，和公木一见如故。一个是寂寞的女人，一个是几近家变的男人，数度交往，便如胶似漆、难分难舍了。

女强人见过太多世面，曾经沧海，变得极世故。再三坚拒了公木的示爱，要他在妻子与情人间只能合法选其一。

之后，和小红争执，公木终于试探性地提出分居，没想到小红要死要活，并发动了三个子女作为有力武器，迫得公木一时无计可施。

那天彼此难得理智地在晚饭后闲话家常，小红感慨万千，说："天下夫妻是不是大都是同床异梦，似你我一般水火难容？"

"未必，恩爱的男女哪儿会似水火？"他脑中想起了新欢悦耳的甜笑。

"我们从来就没有同梦，如有过，真要分手我也就甘心了！"小红幽幽地说。

"哼！天下本来多的是同床异梦，哪来同梦呢？"公木打开电视，不再倾谈。

几天后，也许日有所思，或者是命定怨偶要终结这段恶缘吧，公木和小红虽然同床，但一人一方有如楚河汉界，辗转多时终于蒙眬入睡。

翌日，天未大亮双双翻身而起，互相对视，小红抢着说："我梦见你了……"

"奇怪，我梦中居然你也出现呢……"

"你太狠心了，梦中竟把我推下山坡。"

公木冷冷地回答："你也好不到哪里，在跌落山坡时死命拉着我陪葬，我还不是给你拉下去了……"

"我们做了同一个怪梦？"

"我们真的同床同梦了。哈哈！"公木笑得好开心……

爱吃茶者

卜居未过不惑之年，衣着光鲜，戴金框近视眼镜，一张微笑的脸让人倍感亲切；长袖善舞，事业有成，却不沾烟酒，唯爱吃茶，对茶几近痴迷。可惜丧妻，早晚独处，再难有品茶伴侣。

这位钻石王老五，热心的朋友们都暗中在为他物色对象，闲谈中提及，他总是不置可否。问急了，才说要找也得选一位志趣相投的佳人，不论对方婚史，重要的是出外能见人，在家会陪他品茶。

原来他真有意再婚，消息传开去，登门讨好的三姑六婆为数不少，有拿相片的，也有亲自将姑娘带上门的，不过三言两语就被卜居打发走了。

好奇的亲友探询后，终于清楚：原来卜居开门见山，总是问对方是否会品茶，大多摇首或一脸迷惑。

有了真正择偶条件，有意应征者或红娘们骤减。卜居乐得清闲，不必整日穷于应付。

缘分说来就到，那天接到友人老陈电话，说为他觅到了理想佳丽，是位姿色颇美的老师，云英未嫁。她最爱吃茶，是个无茶不欢的女人。

反正有空，卜居就应允前往相亲，在餐馆饮午茶。对方芳名丁彩虹，知书识礼，和为人师表有关，谈吐自然不俗，首次相见彼此都留下了良好印象。

卜居没忘了他定下的最重要择偶标准，于是约会丁彩虹品茶，由那位热心友人老陈相陪于周末前来家中。卜居满怀希望，只要通过品茶考验，这位爱吃茶的美女就是他续弦的理想人选了。

彩虹婀娜多姿，比初见时更增几分妩媚。卜居摆下了龙门阵，早在客厅放好各类茶罐、紫砂壶、嗅香杯、小茶杯、温度针、定时器、煮水电炉及调茶木匙等。

"丁小姐，欢迎到舍下来，请问你喜欢吃什么茶？"卜居笑容可掬地问。

彩虹大方而不失温柔地说："铁观音或乌龙茶都可以，随便你冲什么我都爱喝。"

卜居笑笑，表演把戏似的煮开水，水开后先用热水浇茶具茶杯，再将极品"冻顶乌龙"用木匙拨入茶壶，放入热水后，即将首遍茶水倒入废水壶中。再倒水入紫砂壶，定时器响，将茶倒入嗅香杯。

彩虹好奇地看着这位可能是未来夫君的人，脸泛红晕，捧起长杯入口，连说好茶好茶。卜居却将杯放在鼻前左嗅右嗅，然后将嗅香杯中茶再倒入阔口小杯，才举杯细酌。

再冲几泡，彩虹有样学样，都大赞好茶。接着卜居先后冲了安溪铁观音、"天仁茗茶"的陈年老茶王、天梨茶、天庐茶王和天雾茶，再来是桂花茶和茉莉花茶。卜居始终专心泡茶，沉浸在吃茶的乐趣中，几乎忘了眼前丁彩虹及友人的存在。

等最后茉莉花茶泡好后，品茶也告尾声，卜居还是微笑如前地打破沉默：

"丁小姐，我的八种粗茶都让你试过，请问哪一种你最喜欢？"

"卜先生，你这些全都是好茶，我喜欢的就是最后这种茉莉花茶。"

"谢谢你的光临，你真会吃茶呢！"卜居的笑容收敛了，将友人和佳丽送出门。

翌日，老陈来电："老卜，怎么样？丁彩虹不就是你的最佳人选？她真的爱茶如你，哈，天生一对吧？"

"她只会牛饮而不懂吃茶，居然将嗅香杯当茶杯，把我八类茶中最普通、最差的茉莉花茶当成了上品。哈，这也敢说爱茶如命？"

放下电话，他摇头苦笑，心里一点也不急，相信人海中总会寻到一位爱吃茶的知音伴侣。

寿比南山

　　杜西福先生七十大寿如期举行，由于寿星公过去长袖善舞，人缘极佳。其独子继承父业，将成衣厂扩充，日进斗金。因而寿宴筵开四十席，真是冠盖云集，一时成为社区美谈。

　　"杜先生，恭喜恭喜，祝您福如东海、寿比南山！"

　　"我姓杜西，是复姓。谢谢光临！"体态适中，精力旺盛的寿星公，对于祖宗的姓氏极为重视，每有称呼错者，必微笑郑重更正。

　　宴会高潮自然是齐唱生日歌。穿起长衫的杜西福，从老花眼镜中望向讲台墙上那个大寿桃所雕的四个大字："寿比南山"，开心展颜，思量着南山寿不知有多少年？神游太虚里度过了一个愉快无比的诞辰，心中伤感的是，老伴数年前往生极乐，无福与他分享。

　　杜西福想起古人说"人生七十古来稀"这句话，就有点踌躇满志，毕竟能活到让人羡慕的年岁，是一种福气啊。也不知是人的本能，还是对生的执着，杜西福在社交场合，对方若称谓时用了"老先生"，必一脸不悦，一如对他的复姓改为单姓那样认为不敬。

退休岁月，为求多活些时日，他除偶然搓搓麻将外，生活极有规律，早睡早起，每日风雨无阻地散步一小时，每周四次到泳池做水上运动和享受桑拿浴。早晚定时自量血糖、血压；小心饮食起居，几乎可当典范；不抽烟不喝酒，饭菜尽量清淡不咸，也少食甜品。

悠悠岁月流转，杜西福的八十大寿不知不觉中又到了。儿子杜西盛事业有成，交游广阔，寿宴筵开五十席。当晚来宾，除了十来位麻将友及泳友和姻亲是寿星公所识外，余者皆是儿子所邀的达官贵人及工商巨贾。

那晚，老寿星红光满脸，在高唱生日歌时，他环目四顾，竟有些伤感：老朋友多已凋零，在悠扬的歌声中，寂寞侵袭心头，黯然不已，脸上却强展欢颜。

几年后，杜西福的曾孙满月酒宴才过未久，六十开外的杜西盛董事长发生交通意外身故。这对老人的打击极重，当闻噩耗，几乎昏倒。

九十大寿又到了，事先老人对媳妇及孙辈们说，只在家中安度，让孙儿们一起回来热闹就开心了。人情冷淡，老人心中明白，儿子辞世后，当年盛况不再。

已经多年不能去泳池浸泡，当年那些麻将老友也多归道山。平时，想接个电话也难，孙儿孙女们各忙各的事业与家庭，没事也多忘了还有个健在又寂寞的爷爷。媳妇未到七十，忽然中风不良于行，再不像以前经常驾车来接他出去饮茶。

为了让爷爷的起居有专人照顾，杜西家的孙儿们安排他移进了一家私人养老院，那年他已九十四高龄了。老人院中有三十四个单位，共住了四十八位长者，要算他最高寿了。

院中的老人，有患上痴呆症者，有坐轮椅者，有说话颠三倒四者，也有终日喃喃自语、对人不闻不问者。杜西福骤然侧身其中，真是有苦难言，想找个聊天的对象也难。那些监管如机器般冰冷的脸庞，仿佛标明生人勿近。他几次讨了没趣后，自尊心强的他，再也不愿开口了。

日子如白开水，除定时到餐厅用餐外，余时他对着电视机，让电视机的男女对话声音打破居室中的死寂。电话像玩具那样摆设着，再难有亲切的铃声响起。假日或周末，探院者络绎不绝。孙儿女们都太忙，除了年节和他的寿辰前来探望外，几乎忘了爷爷的存在。漫长时间总在杜西福万般孤苦凄寂中，如蜗牛无声爬着……

快一百岁的人了，杜西福每天望着四堵白墙，呆呆地盼着日子早点过去。如今连个聆听他倾诉的人也无，他真后悔在七十大寿吹红烛时，贪心祈祷老天保佑他"寿比南山"。

杜西福拄着拐杖，每天在养老院中吃力地移动，自言自语，见人就问："寿比南山，南山究竟有多长命啊？"

　　被问者莫名其妙，老人没等对方回应，已经一步一拐地慢慢向前拐开去了……

三千烦恼丝

　　小孩子通常都很怕理发，也许从小产生的阴影，使我对剪头发心有恐惧。每次非要等到发长过耳，实在到了碍眼有损形象时，才踟蹰再三地把头颅交给那位希腊师傅耍弄，那二十分钟里真有度秒如日之感。

　　当理发师手持利刀在我脸皮随意轻移时，我的神经不听控制地紧张起来，肌肉僵硬，脑内飞驻着的都是刀片割切后血如泉涌的恐怖画面，恨不得快快逃离现场。因此，刮胡子、修脸皮等涉及用利刃的功夫，我几乎能免则免，理发师与我相熟后，他也乐得省事，反正工钱照收。

　　这阵子应酬少了，也没注意发长发短，倒是老妻对我参差不齐的乱发大有意见，被她唠叨多次后，才勉强去商场内重新装修过的理发廊。

　　在小镇定居二十多年了，左邻右舍的街坊也早已认识，见面打个招呼是常有的事，但同时在理发廊内碰面，却还是第一次。

戴维五十开外，身材适中，略微发福，挺个微凸的啤酒肚，眼睛湛蓝有光，一口英语还有浓浓的意大利乡音。人颇热情，喜欢澳洲足球，球季时不论在何处遇到，必被他拉着手口沫横飞地大谈各队球技；没完没了地讲三五分钟后，往往还好心地给我贴示，要我下注。除了感谢他的好意，我还真怕和他遇上呢。

但在什么地方碰上这位住进我家横街中段的戴维，我都不觉意外，可是在发廊内，却让我觉得不可思议。我们居然坐邻椅，他的理发师是位女士，我因为是希腊师傅的熟客，所以都由他一手来把弄修理我的头顶。

有好几次，明知失礼我也真忍不住争取轻轻移动头脸，偷偷望向戴维，只见他安静地合起眼，任由小姐为他修剪，那位女师傅真能耐，一丝不苟，又是电剪又是剪刀，我的好奇心是犯上了，变得仿佛窥人隐私一般。

由于我的不合作，经常要给希腊师傅调整我的头颅，以致同时理发，邻座的已完成了，我的还在进行。往日只花大约二十分钟，这次却多了几分钟之久，但因为我是老主顾，希腊师傅随和极了，一点也没有表现出不耐烦。

戴维自然比我先离开，笑嘻嘻地对我说再见，从镜面反映中我响应了一句：

"Bye bye！"

见到他的头和理发前根本没丝毫分别，同样的油亮光滑，实在百思不解。戴维整个秃光了的头颅，寸毛不生的头顶为何还要费时再花十六元来"理发"？

结账时，我问希腊师傅这个难明的问题，他故作神秘倾身轻声说：

"秃光了的头毛发再难生长，金钱买不回失去的头发，所以他常来此享受理发的滋味啊！"

年过半百，一向视理发为受罪的我，在希腊师傅微笑的话中，总算明白，原来理发也是难得的一种享受。

走在回程的路上，想着戴维在"理发"过程中满足的神情，我才知道自己身在福中竟不知是福，我还保有三千乌丝，多棒啊……

江湖

"子君，你生性耿直实不该立足于江湖。"

"师父教导只要有爱国为民心，行走江湖便没什么可怕。"

"令师根本是书生之见。"

"芙蓉，不许你批评先师。"

"以事论事你又何必如此当真？"

"先师待我恩重如山，情同父子，我难忍任何对先师不敬的言辞。"

"好了好了，算我不是。不参加他们的集会，我们就被孤立了。"

"那班人无非是一窝蛇鼠，才不必管他们呢！"

"可就是这大堆蛇鼠兴风作浪，弄得江湖永无宁日。"

"所以别忘了我们的任务啊！"

"子君，我担心单凭你我微薄之力，是无法抗拒这股恶势力的。"

"芙蓉,你忘了正义就是力量吗?"

"你以为当今江湖还有正义?"

"有啊!别那么灰心,你看到的只是那些整日在江湖混的头头,这些蛇鼠都早已被黑龙帮控制了。大多善良的人虽不理世事,但其实他们心中都有一把尺子。"

"何以见得?"

"芙蓉,我前天在茶馆听到几位客人议论,他们都不齿江湖上那班头头投靠了黑龙帮,说这些人都患上了软骨症,无非是唯利是图。"

"但他们中也有的是大财主呵!不见得会图利。"

"除了图利发财,别忘了还有虚名,有时虚名比命还重要。"

"子君,我一直想问你,若给你挑选,名和利两种,你挑哪一种?"

"芙蓉,原来你到今天依然不够了解我,我行走江湖的目的是惩恶除奸,才不在乎名或利呢。"

"不了解你也不出奇,你又敢说真的了解我吗?"

"当然,若不了解你,也不会与你风雨同路。"

"江湖险象环生,我们才认识数月,你就不怀疑我?"

"与你一见如故,坦诚相待,有什么好怀疑的呢?"

"真谢谢你的信任。子君,答应我,我们退出江湖好吗？"

"芙蓉，以我的武功虽非天下无敌，但至少可为被黑龙帮残害的苦难之人出点绵力。我正当英年，岂能为了儿女私情而放弃我的理想。"

"假如为了我，你肯吗？"

"你不是无理取闹的人，今天怎么啦？"

"子君，我收到消息，父母已被黑龙帮拘禁了，唯有你能助我让我父母脱难。"

"岂有此理，这帮恶棍！别哭了，我帮你劫狱，好吗？"

"难比登天，秦城大狱又岂是你力所能及，只要你和我归隐，再不理江湖事，家父家母便可脱险。"

"当今黑龙帮横行，鱼肉黎民，国仇家恨，要我就此归隐，唉！我如何对得起先师的教诲？"

"你忍心我一人孤独涉险，父母大恩，身为女儿，又岂能眼睁睁看他们受苦？子君，求求你，我们就归隐林泉不问世事，去过神仙似的生活吧！"

"让我想想，给我几天时间思量，你也不必太担心了，黑龙帮只是利用老人家的安危影响你。"

"谢谢你，子君，你将来必定是我的好夫君……"

"……"

（两个月后，在芙蓉父母的见证下，他们简单地行了婚礼，子君早已宣布封剑了）

"芙蓉同志！为了感谢你完成任务，帮主恩赐的一等功绩奖章已记录在你档案，时机适合再公开颁发。"

　　芙蓉读完飞鸽传书悄悄焚毁……

武侠

　　孔武身材高大，肌肉横生，神力过人，从小被华山派的一位隐士收为关门弟子，每日除了吃喝拉撒睡外，就是武刀动枪，练成绝艺后，已是长大成人。但左看右瞧也没半分侠士之相，倒似是个赶车拉夫者。

　　下山后对于师父说破嘴皮的什么行侠仗义，因为其庸俗外貌常被讥嘲，怒气难消，早已当成耳边风。又身无长物，往往自恃武功了得，住食过后拂袖而起，大摇大摆地走出去，竟也一再得逞，更助长了他的傲慢，胆子也越来越大。

　　血气方刚的壮男，在江湖游手好闲，除懂得功夫和蛮力充沛外，又不会半点手艺，哪能成亲？孔武每当欲念高涨时，便使尽气力大耍十八般武器用以发泄。月夜偶遇落单过往的女子，不由分说强行掳去污辱，恶名因而远播，被冠以"东北狼"之外号。

　　远在南方闽江畔有位书生，姓白单名一个"侠"字，年华正茂，饱读诗书，外相真个弱不禁风，脸色青白，体态适中，略为瘦削的身形走在路上毫不起眼。自幼对精湛的中华武术甚为心仪，偶遇奇侠独孤仙，把绝世轻功"凌波神行"传授后，见其资质聪敏再将至高剑气心法要他强记默诵于脑，等到内力渐进后，再行学习。出道后已是一位扬名南方的青年侠客，被江湖同道称为"白面神君"。

他从不显耀其能耐，对人彬彬有礼，虽然相貌平凡，却也不讨人厌，有日在茶馆听说了东北狼的种种恶行，不禁激起他的侠义心肠，怒笑而去。

这位白面神君立下决心要除此为害人间之祸患，于是立即起程赶往东北一带，并放言要找东北狼算账，一传十传百，平静的江湖倏然兴波沸腾。

大江南北各武林中人都等待早日见证这场南北正邪两大高手的比拼，消息就如此地被炒作得人人皆晓。

从此白侠所到处，各地方士绅款待有加，不少仰慕者还带来家中未婚女儿，希望能许配给他，也有不少人要求拜他为师学武，但都被他婉拒。尤其一踏入华山境界后，每日尾随者数不胜数，令他颇感无奈，这无形的名气就如鬼魅缠身，纵使拥有绝世神功，竟也无从摆脱。

那天在山麓正行间，白侠忽闻破风之声，其中隐约有女子呻吟，他立即施展轻功遁风追踪，未几果见一男挟着女子沿山路急走。他大喝一声，人到剑至，天下无巧不成书，那人正是多月来踏破铁鞋无觅处的东北狼。白侠并不知眼前这个色胆包天的人是谁，天生的侠骨心肠不假细想，剑气已破空刺进。

东北狼当非省油灯，他反身把女子轻轻放下，迎向来剑，力道强大，白侠硬生生把剑回抽，才不致受伤。白侠大怒再扬剑，孔武回首望一眼那女子，怒目而立，要瞧瞧是哪个不知死活的小子，一见眼前文弱书生，竟狞笑说："就凭你这身无半两肉的人也敢找死？你知咱是谁？"

"管你是谁，光天化日强掳良家妇女，你这淫徒就该死。"说完已再发出绝招，剑气攻向对方的心脏，孔武根本不把这个书生放在眼里，气定神闲地扬掌回敬，竟被无影气体迫地连退数步，一脸惊讶，赶快运起内力，以硬功反击。

孔武仿佛有用不完的力量，忽而"隔山打牛"，强劲破空横扫，又来个"独掌惊雷"，拳风真个雷响般大发；白侠剑锋游走，用"凌波神行"在他身前身后飘逸回避，出其不意地横空一剑，用了"剑定江山"绝招，剑气就在孔武运掌抵御的空当击到，东北狼如牛的身躯摔了开去，整个人如断线纸鸢四肢朝天，一口鲜血狂喷而出。

白侠出道后不曾用过的这绝招，竟有此威力，一剑打倒敌方。他的剑尖正指孔武喉咙，孔武问道："你是谁？"

"我就是白面神君，阁下何人？"

"我是东北狼，死在你剑下，我真想不到……"他的血涌出，说，"我死有余辜，求你带我的妹妹看大夫，并好好照顾她……"话未完头一歪已断气了。

白侠走近那女子，见她受了伤，女子恶狠狠地瞪着他，眼里满是怨恨。白侠不由分说把她抱起，心中茫然，只想赶紧找个大夫，其他的事一点也来不及细想……

刀痴

刀痴像文弱书生，五官清秀，谈吐不俗，因而很受异性欢迎。年轻时大病以致被迫放弃了读书，追随武师学习强身健体的功夫，后来因奇遇而练成了"大刀王五"的绝技。

因他对刀法极认真，并决心发扬这门几近失传的武术，再加上文字功底极厚，领悟力强，果然没十年，江湖便出现了"刀痴"这位到处行侠仗义的侠士，黑白两道皆以刀痴称之，久而久之，再难知晓他的真实姓名了。

刀痴疾恶如仇，常路见不平拔刀相助，故结下了不少仇敌。但他依然我行我素，独来独往，对世俗评议，一笑置之。

近年逍遥派为了领导群雄一统江湖，门人已奉命大举下山，对有异议的黑白道领袖或侠士，极尽威逼利诱。由于逍遥派门下皆为女弟子，不乏姿色者，更训练她们一套特殊媚功，可令天下男人神魂颠倒，俯首称臣。

不少家庭破裂，皆因第三者的忽然出现，江湖对这批妖野美女，暗中冠以"狐狸精"之名。刀痴得悉，决心以无敌刀挑战这一邪派，东奔西走可却总无法如愿。而被迷惑者莫不抛妻弃子，受"逍遥派"奴役而不知所踪。

那天合该有事，在江畔美如画的秋色中，刀痴心事重重，耳际传来细若柔丝的歌声，顿把他的烦愁一扫而光。清脆哀怨的音色，犹如寻觅多年的故人般，不期而遇。刀痴寻声至，见树下女子白衣似雪、飘飘像仙，边哼边舞木剑。刀痴眼光随她婀娜身影而转，已不知人间何世。

正看得入迷，不意一声娇喝，剑影突击身后。刀痴感到身柱、神道及大椎几处穴道已被剑气所罩，大惊，急往前冲，刀出鞘人回旋，已面对女子。

"哪来的登徒子？为何偷窥我练剑？"木剑回抽，一脸寒霜的女子冷冷地问。

"姑娘息怒，因被妙歌所诱而情难自禁，冒犯处请恕罪。"刀痴回刀入鞘，面对那张略有风霜却秀色可餐的姿容，有点手足无措。见他狼狈样，女子展颜。误会冰释，互通姓名，女子得知他竟是刀痴，止水之心竟扬涟漪。

"白清有幸得遇大侠，实慰生平。"

"岂敢岂敢！白清姑娘，听你歌声，哀音流露，有缘相识，可有让在下效劳之事？"

"大侠高义，白清铭感于心，只是我乃不祥之人，就此别过。"言毕跃身而去。刀痴怅然若失，急速施展轻功尾追。

到竹林深处，竟然是"逍遥派"的分舵。他早已忘了江湖上对逍遥派的传言，魂魄宛若已被伊勾走了。

自始，每天刀痴必悄悄前来林中。白清笑靥如花，温柔相待，这对郎才女貌的男女，很快共浴爱河。谈书评曲，论刀说剑，过着神仙眷侣般的生活。

好事多磨，江湖沸腾地宣扬着刀痴已被逍遥派狐狸精所迷，弃糟糠妻不顾。所谓好事不出门，丑事传千里。刀痴夫人自是妒性大发，邀江湖老大们主持正义，联合各门派想一举铲除逍遥派。尤其是白清，孤身住在分舵，正可前往问罪。

刀痴为了白清安全，赶到竹林，想通知她避风头，竟已人去屋空。桌上留下白纸，上有秀丽俊逸的笔迹：

"你的情，你的意，你的爱，你的痴，我都知道。但你是知名人士，不要让人们看笑话，闹个身败名裂，不值得！名人必须比常人承受更多的公共责任，具有更大的公共义务，尽管名人也是人。"

无上下款，刀痴读了又读，捧着字条，珍惜万分地把它收好，怅然走出那所和白清共处多时的温馨小屋。竹林外，竟来了不少名门正派的人马，讶异地望向刀痴失魂落魄的身影。他们怒吼，提刀拔剑说要把"狐狸精"找出来，为江湖除害。

刀痴黯然到江畔与白清相遇处，独步徘徊，细细思量。面对白清的孤单无助、半生流离的坎坷身世，总觉白清无半分对他伤害之意，江湖人士为何非要针对她不可？她对他是一片相知相敬之情，他因她而迷失，把对刀的痴转移为对她之痴。

在错误时空两情相悦，是男女悲剧。黄昏落日如火球，却再也不会滚热。刀痴的背影渐渐消失在竹林外，风凄厉的呼声，仿佛是他滴血之心在呐喊。

刀痴消失于江湖，天涯浪迹，决心去寻觅白清……

玲珑

王侠自从玲珑失踪后，决心天涯追寻。那天离开竹林，又拿出她留下的纸条，读了再读，好一句：

"你的情，你的意，你的爱，你的痴，我都知道。"

既然都知道，为何要离开？这是他无法接受的事实。他在林外大吼连连，震得竹叶飘摇，沙沙作响。

回家收拾行囊。妻子古柔向来对他逆来顺受，婚后，就知夫君并非池中物，也绝非她能独拥。虽难免燃妒火，但只要他"浪子回头"，也就把账都算到"狐狸精"身上。这次暗中通知各大门派去围剿峨眉派分舵，心中有愧，不敢多问，以为他无非到外散散心，十天半月也自会乖乖回来。

王侠最放不下的就是这位名门闺秀——柔情似水的妻子，可又无法控制对玲珑的思念和玲珑不辞而别的挫折感；他一定要找到她，问个明白，不然是不会死心的。

江湖上的人没见过这位大名鼎鼎的侠士时，都好奇地猜测他的兵器该是像大刀王五所持的大刀还是像胡一刀那柄薄刀。可当王侠站在面前时，根本见不到他的刀，敌人之防不胜防，也由于太在意他的刀。

玲珑事件惹怒了峨眉派的姥姥，姥姥指令全派若遇到王侠，务要擒他回山，或以峨眉神功毁他武功。

王侠遇袭时，若发现袭击者是玲珑的同门，念在对玲珑那片痴心，爱屋及乌，绝少伤害她们。人少时，甚至以指代刀，或从关冲或以商阳之气，把对方点穴，再查询玲珑芳踪。但峨眉派弟子莫不茫然，她们也真的不知师姐去处。

王侠常年奔波，累了就回家小住数日，再上路，也不对古柔说明。夫妻离多聚少，又因玲珑，早已同床异梦。古柔不在乎，她要的是让子女有个父亲，有个"完整"的家，而她有个"一丈之夫"。

岁月无情，十年匆匆流逝，王侠为江湖立下了更多让人传颂的丰功伟绩。峨眉派弟子因他那出神入化的刀法，根本无奈他何，也早已放弃找他寻仇了。江湖上传闻，他的刀从不出鞘，因为他的人是刀、刀是人，早已人刀合一了。

玲珑根本没有远走，她背叛了师门，没使出峨眉迷魂功诱惑大侠士王侠，反而动了真情，在那数月恩爱如神仙的日子中，享受到了前所未有的温馨及柔情蜜意。为着爱，她不忍见到一代大侠被江湖唾弃，因她而身败名裂。当古柔带同人马大举寻仇时，她决心放弃爱侣，留字而去。

最危险的地方往往最安全，她去而复返，安居山凹附近。本以为时间终会治愈创伤，没想到王侠真是痴情种，仍然到处追寻她。

几年前，她意外被关外毒龙卜怪发现，这个六十开外，身材高大的邪魔将她收服。每年必专程前来住上十来二十天。玲珑为了让王侠死心，被卜怪强占后，想和他终老。可是卜怪并无许诺，把她当成众多可供淫欲的女人之一。反正，活着已无所求，但求王侠平安，侠名远扬，于愿已足。

王侠浪迹江湖悠悠十载，鬼使神差，那天清早不意旧地重游，心中充满了与玲珑当年的回忆。行行重行行，唏嘘中从竹林转到山凹，人也好累，发现小屋，想找水喝，到门前轻敲。

真是踏破铁鞋无觅处，迎门女人一脸讶异，王侠仿佛被点穴般地呆了。刹那醒悟，立即推门入，在晨光中细细瞧着眼前人。

玲珑一身粉红袍服，未施脂粉，刚起床未久，睡意尚存中忽见他满含痴情地眼睛盯着她，不由分说地就将她搂紧，便要强吻。她左右挣扎，把脸扣在他肩膀上，让他紧抱着。

千言万语，无从诉说。他在她挣扎出怀抱后，心中倾涌无限深情。从背后再次将她环抱，重演往昔恩爱情景。玲珑脸颊一红，出力甩开了他，四目交投。

眼前两鬓已略显霜的女人，极难相信就是当年风情万种的侠女。

"都老了，你走吧！"

"不，你永远是玲珑，我再也不会走了。"

她不由分说，又推又拉地强把王侠赶出门。翌日，她已整装再次弃家……

挑战

甘胜师父身体轻瘦，以一对无影脚纵横江湖，所向无敌。其师承颇为神秘，传闻年少时上峨眉山学艺，未遇名师，却意外在树林中目睹蜻蜓点水而大悟，暗中自练，后开创"蜻蜓派"，饮誉中原武林。

壮年后因中国开放，久已心仪西洋国土，颇想将其功夫发扬海外，于是漂洋过海来到澳洲，觅到一位通英语学生为其传译，遂立万设馆，挂起"蜻蜓派"旗帜，广招门徒。

甘师父深明西方人对广告的依赖，武馆开张后，印刷成传单介绍其生平及辉煌战绩，果然引来不少喜爱中华武术的青少年报名习技。几年间，在墨尔本广设分馆，为了增加知名度，更借着节庆让武馆对外开放，除用茶点招待嘉宾，还表演精彩功夫，并舞狮助兴。每次举行活动，由于有大量广告费的开销，地方免费小报及电台等传媒代表亦乐意前来采访报道，因而甘师父声名远播，门生与日俱增。

业务鼎盛，应接不暇，甘师父近年早已退居二线，由几位门徒主持多家分馆。许多慕名者已无缘再睹甘师父的独门绝技"无影脚"。

所谓同行如敌国，各式武馆林立的墨尔本，有各大门派在此授徒，如剑术、柔道、跆拳道、咏春、太极、螳螂派等，馆长们莫不自认武功天下第一。这几年忽然冒出了在江湖上名不见经传的所谓"蜻蜓派"，在卧榻抢夺饭碗，真是是可忍孰不可忍也。

甘师父的武馆经常有陌生的江湖客前来挑衅滋事，但往往无法见到大名鼎鼎的蜻蜓派开山掌门人：或被其门徒以硬功打败；或因甘师父苦心教导"小不忍，则乱大谋"，以其无比忍术化解；亦颇多用软功化敌为友，即烟酒加红包送礼，不了了之。

西洋自由搏击学院的彼得院长，体重两百多磅，牛高马大，不知因何缘由其门生多退学，转往蜻蜓派处学艺。彼得师父心有不甘，亲自上门，要让这位小个子的甘师父领教一下他的高招。可惜亦难和甘师父相遇。然消息不胫而走，传遍江湖。

地方小报唯恐好戏不继，于是大肆张扬。彼得上了头版后，翌日又见甘师父的大照片在报头，双方徒子徒孙竟然在报上互相对骂，这成了墨尔本市的大新闻。

在传媒炒作下，甘师父避无可避，唯有硬着头皮开记者会，瘦小身躯的甘师父为了江湖同道情义，不希望大动干戈，大谈容忍美德；并在相机前为众老记们耍了一套无影脚绝技，但闻风声虎虎，人影飘逸，仿若点水蜻蜓飞掠，令众人眼花缭乱，叹为观止。

彼得在报上看到了甘师父的报道，心中抱定一决雌雄的主意，决不退让，要么自己消失江湖，要么他卷包袱返回老家去。一场大比拼成了传媒引人的主因，那些报纸及电视台更加热火地用些语不惊人死不休的字眼，令双方再难下台。

这场轰动武林的大火拼就在蜻蜓武馆的正馆址举行，外间赌徒以五比一或七比一的注码下注，八成是看好甘师父的绝世无影神功。

彼得重量级的身材挺立不动，甘师父出场，掌声呼声雷鸣。他彬彬有礼地向大家示意，在二位公证人声明完毕后，甘师父的无影神功立即施展，一时白鹤掠翅，单脚扫中对方肥腰，再来一招无影双飞，击中彼得下盘，大家叫好之声震耳，七八招过后，彼得左闪右避，脸上讶异表情越来越浓，他不可想象的是这位号称开派大师级人物，莫非腿下留情？为何扫中要害时仿如抓痒？

正当观众为无影脚绝技大呼过瘾时，彼得终于闪电般挥拳，一拳迎着敌方心胸处捶打，在大家来不及惊呼时，但见甘师父如断线纸鸢般凌空而起，再重重扑倒。这一拳力道重达百磅，轻瘦的甘师父又无传说中的铁布衫硬功，岂能承受。

在两位公证人大声数到十后，甘胜仍无力地躺着，由弟子抬往后院急救。

此役后，蜻蜓派销声匿迹，旗下武馆也纷纷关闭，甘师父亦不知所踪。彼得院长的武馆门庭若市不在话下。

解药

　　黄荷秘密执掌了峨眉派，成为至高无上的"姥姥"后，为继承前姥姥的遗志，一统江湖，扩张峨眉派势力，她立即实行大改革。

　　把峨眉山庄的梅花树依五行八卦方位种植，这花阵一可防止外敌入侵；二可提炼逍遥散，连名扬天下的宋波也不知不觉中了蛊，可见逍遥散这独门蛊毒有多厉害；三是黄荷独爱梅花，春季必用大量梅花瓣沐浴，因此，身上经年散发梅花味。

　　江湖上对峨眉派敬而远之，也不知那些妖女为何宁死也不敢背叛，这实在令人费解。唯有宋波心底清楚，因为，他也得每月准时前往峨眉山庄，亲向姥姥领取解药。

　　逍遥蛊分几十种，视被下蛊者的身份和武功而定；宋波中的是最深最难解的情蛊，非得姥姥亲自分发解药不可。

　　前任姥姥颁下通缉令，非要拘拿宋波回山庄不可，没想到出师不利，派出黄荷，这小妮子下不了手，反被宋波俘虏，和他秘密过着神仙般生活。江湖沸腾后，始难分难舍地分离。不意宋波这浪子，竟如中了蛊，对她痴心到要抛妻弃子，浪迹天涯到处追寻。

终于，姥姥之位传给了黄荷，她发了重誓，统领峨眉派，首要的就是重振峨眉威风。那次，再遇宋波，本无心要捕他，旧情依依中，宋波那片感天动地的痴心，让她好生为难。最后，还是在拥吻时把情蛊放入，虽不致命，也从此痴痴呆呆。一代大侠，若无解药，终生只好唯命是从了。

宋波对于如何中了蛊毒，也百思不解，每日定时以内功迫出毒素。但是，身体并无异样，唯有一颗心，无时无刻地记挂着她，那份痴迷已到了接近疯癫的样子。

名扬江湖的大侠，不再管江湖事，如今整日无所事事，在江畔、在城镇、在闹市，每见到身形婀娜的女人，不论老少，莫不回眸凝视，经常被误会为登徒子。

首次取解药的约期到了，宋波到峨眉山庄，由蒙面女带进花阵，置身充满梅花香的房间。正诧异时，耳际闻到轻轻叹息，正是他日思夜想的黄荷，心中大喜，忘形地大呼："黄荷！黄荷！是你吗？"

人却迷糊地倒下去了，宛若被人抱起，姥姥爱怜万分地把口对正他的口，蜻蜓点水似的将些粉末吹入，然后隐入屏风。

宋波醒来，耳中又闻那熟悉亲切的声音："你去吧，下月再来。"

"求求你了，告诉我，你是不是黄荷？"

"要再见黄荷，等你成了自由身，就能如愿……"

宋波神思恍惚地被带出花阵，心中老想着那句要他变为自由身的话，可无论如何，妻子并无犯下被休的"七出之条"，又逆来顺受，如何能做这种江湖不齿的事？

回到家，他不敢正眼看妻子，借酒消愁。心中情蛊却不恕他，日夜纠缠，再也不是往昔令黑道闻风丧胆的大侠了。

再上山，姥姥满怀心事地面对他，问他自由了吗。宋波摇摇头，心中清醒，分明面前的声音就是黄荷。他出其不意地举起食指从商阳穴上发出内力，姥姥的面纱忽然被一阵强风掀开，人已被他一把搂住，踏破铁鞋无觅处，真是得来全不费工夫。

"放开我，要死吗？"黄荷虽已徐娘半老，但骤然被情人强抱入怀，脸颊也飘起了红晕。

"黄荷，你原来成了姥姥，想死我了，我再也不放开你了……"他迫不及待地把嘴唇强印在她的唇上，黄荷拼命挣扎，最后力道渐渐微弱了，任由他狂吻，她的心浪漫地漂荡着，仿佛是在汪洋上轻摇的小船，再难自制。

久久，才依依地推开，黄荷幽怨地说："你回她身边去吧，以后不必再来拿解药了。"

"为什么？"宋波紧紧地搂抱她的腰肢，好像一放松黄荷就会消失似的。

　　"你的毒都解了，我的唾液就是解药，一次都给你吮干了，你已吞下解开全部逍遥蛊的解药。"

　　"不，我每月还要来见你。"

　　劲风扬起，他再次昏了过去，醒来，人已在峨眉山庄外。望向那片梅花园，如在梦中，全身都散发着花香。

　　回到家，他几天都不沐浴，想留着黄荷身上的气味，可心中黄荷的形象却莫明其妙地淡化了……

擂台

胡二刀这位以双刀扬名江湖的侠士，传说其绝技是得自祖上的一本秘籍。他的先太公是当年轰动武林的胡一刀，那场和苗人凤的生死决战，成了一个永远的谜，一个后人想破脑袋也难以破解的难题。

在幼年期便开始习武，苦苦追查其先祖与苗大侠过节，为了一雪前耻，亦为着胡家声誉，本名胡峰的这位胡家唯一后代男丁，从秘籍中悟出双刀无敌的大道理，以双刀纵横大江南北，所向披靡。

平静的生活总因为名气之累，终日被迫与人过招，有一次快刀如电，误伤了对手，那位因失血致死的人是村支部书记的儿子，这个祸使他不得不远走他乡。

胡二刀辗转漂洋过海移居澳大利亚，隐姓埋名地在墨尔本华埠餐馆内当洗碗工人。对这个身体微胖的中年汉子，同事根本不知道他就是大名鼎鼎的快刀客胡二刀。

他利用工余时间到移民英语进修班报名就读，在同学中可算是比较用心的人，自我介绍时，小心地不触及过去那段历史，仿佛村支部书记的魔手会随时伸来索命似的。

　　如此度过数年安宁的生活，有了工作经验，转业到另家更大的餐厅任楼面部长，休息时，在住所后园每日仍勤奋操练双刀特技。世事多变，无巧不成书，邻居洋人发现了其绝妙刀法，叹为观止。消息传扬开去，某日竟有多位洋记者到他的工作场所要求示范，几经推辞，仍难脱困。

　　老板得知此事，大为兴奋，说破嘴皮动之以情以义以名以利，几经挣扎后，胡二刀始肯公开示范。一经宣扬，该餐馆果然门庭若市，好奇食客如云涌至，订席竟周才有座位。

　　风平浪静过了半年，胡二刀提着的心渐渐放下，脸上才有了些微笑，食客们对他的好奇心也随着时日俱减。周末，地方小报头版竟刊出来自神州东北的苗天山定下日期摆设擂台，接连多日打败了无数澳洲武林高手。传说此君除有铁布衫的硬功夫外，其剑术也出神入化，每招每式皆是胡家刀法的克星。

　　苗天山这位瘦老头儿其貌不扬，一口混浊的英语比胡二刀讲得好，先声夺人，指名要和胡家后人过招来了。

　　身体发胖的胡二刀脾气极好，也不动怒，也不回应。倒是那些变成朋友的老外食客起哄，主动去约会苗天山，谈判结果，定下时日在擂台上见真章。消息传出后，成了比美军攻伊拉克更轰动的新闻。

两位当世大侠终于首次相见了，胡二刀并无带刀赴会，擂台上的苗天山不屑地瞧着眼前的胖子，彼此凝视良久，仿若两个木雕相对，一言不发。火红的眼光渐渐黯然，最终脸上肌肉扬起淡淡的笑意，火药味宛如已被狂风吹散了。

刀剑无眼，还是文比吧。似乎心灵相通，两人不约而同地在微笑中宣布，改由文斗了。在众人错愕中，他们已出手了。

"横扫千军"，苗天山亮招了，原来他已收起真剑，改用木剑比画。

"北风起兮"，胡二刀双手提着两节竹子，替代双刀。风声扬起，其内力所到处令在场观众的外衣飘荡。

"江山一剑"，刹那间老头子凌空而起，仿若大鹰扑下，剑气逼人。

"双龙吐珠"，胖子双竹从下逆上疾刺来剑。两人电光火石中拆了多招，此时齐齐跃至高空，观众惊呼拍掌，似痴似醉。

"天王至尊"，但见苗天山大喝一声，木剑如电直迫胡二刀咽喉。

"百战百胜"，眼看胡二刀必被此电剑插入喉咙，在千钧一发中两枝竹齐齐击到苗天山的心脏处，竟是同归于尽的险招。

二人一齐落到台上，一齐收起竹剑竹刀，互相鞠躬行礼，握手并肩微笑，在闪光灯的照耀中，不分胜负的擂台大赛，使这两位当代武林世家保住了先祖的令名，他们也成了好朋友，留下江湖佳话。

寻仇

　　点苍派后起之秀卜成，艺满下山，将近而立的青春，尚未有妻；为人鲜言笑，国字脸型，外貌极严肃；立志行侠仗义，以三十六招大力鹰爪名扬大江南北，难免有江湖好汉舍我其谁的傲气。

　　那日合该有事，在醉仙楼下见一老尼拿着一柄拂尘周旋于几个彪形大汉中，而那些使出招招夺命的汉子都持利剑及钢刀。侠义心肠的卜成观察了约半炷香时间，恐老尼有失，不及细想就大喝一声，纵身飘逸而落，向围攻者匆匆突击发招。风过处，利剑钢刀纷纷被大力鹰爪一一击落，汉子们在呼啸声中逃遁。

　　卜成笑吟吟正想和老尼行礼，殊不知劲风迫至，来不及发声，大力鹰爪本能举掌迎敌，才惊讶袭击人是老尼。老尼轻飘飘地施展"凌波微步"，如鬼魅之影在他前后左右摇晃，他发出的大力鹰爪竟如击进棉絮，眼前处处仿佛是一道棉花筑起的无影墙壁。

"乳臭未干的小子，谁要你多管闲事，坏我大事。看招！"老尼气定神闲地耍弄着这位成名侠士，卜成心中一急，三十六招神功快捷施出，想给点颜色让这个不识好歹的老尼知道他并非好惹。可惜事与愿违，在她的棉掌中，他的力有去无回，居然连半分声响也无，卜成大吼一声，挣扎倒踪，退出她的无影墙壁。

"算你知机，回去再练十年八年，行走江湖才不会像你这样丢人。"老尼眯起小眼，也不追击。卜成忍着心中的怒火，低声问："敢问前辈是否无影神尼？"

"哈哈哈……你这小子居然还有点眼力，还不快给我滚……"

经此一役，武林从此再见不到卜成的侠踪，江湖沸腾着种种荒谬的传说。

五年后，卜成再现身，扬言要和峨眉掌门无影神尼决斗，以报当年的奇耻大辱。千里奔波寻到峨眉山顶时，才知老尼早已于两年前圆寂，掌门人兰子姑娘领了多位门人，奉先师命远赴澳洲，光大峨眉绝学。小师妹天真地把掌门师姐的地址抄给这个看来正气迫人的侠士。

卜成心结难解，五年苦练有成，十八式大擒拿手，再配合鹰爪的变化，令人防不胜防，尤其可破解棉掌，却想不到峨眉派如今竟凋零四散，心中不甘。

随着出国大潮，卜成终于也辗转以留学生身份到了墨尔本。他为了生计，不得不在华埠餐厅当侍应，白天也去进修点英文，每早就到公寓附近的花园练功。

几个月后，下班时行到车站，几位东倒西歪的洋青年见他落单，嬉笑着团团把他包围，满口粗话，其中还有三人抽出小刀和木棍。卜成本不想生事，但被逼近了，只好一对五地和他们打起来。这些流氓根本不是他的对手，但想不到其中两人撒出一些粉末，卜成眼睛刺痛难忍。在勉力挣扎时，忽然听闻娇斥声，劲风掠过，那些大汉惊呼叫骂，相继被击倒。

蒙眬中，一位冷若冰霜的女子靠近他，幽香扑鼻，冷冷问他："没事吧？要我送你回去吗，老乡？"

一丝温馨袭上心头，卜成望向她，好娇美的一张脸，白里透红，小嘴微张，皓齿如雪，他霎时间如被点了穴道，忘了说谢。

"大恩不言谢，请问姑娘芳名？"

她摇摇头，展颜微笑，洒脱地扭身就走，留下令卜成难忘的背影……

卜成有了心事，但也没忘寻仇初衷。要先解决了那段和峨眉派的怨仇后，再设法寻觅恩人芳踪。

星期日赶往车站，按址前往南雅拉区，要和老尼门徒定个地点比试，一雪前耻，也不枉专程万里追踪到此一趟了。

上楼按铃，门开处，卜成一腔怨恨顿时凝固。启门的女子也错愕万分，怒容泛起，冷冷开口："你为何跟踪我？"

　　"你误会了，我是专程来找峨眉掌门人，没想到你就是大名鼎鼎的兰子女侠，难怪那晚几个流氓三两下子就被你打发了。"

　　"你就是先师手下败将？寻仇来了？"

　　"我一直在找你，也在找我的恩人，没想到竟是一人。尊师已经往生了，你又有恩于我，那些在国内纠缠不清的事儿，算了吧。"卜成百感交集，为这位美丽侠女早已倾倒，心中的结刹那烟消云散。

　　兰子听他说得真诚，寒脸被笑意取代了，让他进门。

隐侠

　　戈北个子平平，不胖不瘦，双眼有神，望人有股威严。他从小好武，到处拜师学艺，十八般兵器样样皆精，若当个武师早已绰绰有余。可他却醉心成为当世高手，因此出山行走江湖，路见不平往往拔剑除恶，也赢得了少侠之名。

　　找寻奇能异士多时，却无缘得遇，那次经过终南山，踯躅山麓，竟无意发现了树林内一座奇特的石墓，墓碑上雕刻的隶书是"独孤求败之墓"，旁边还另竖立一石碑，略述墓主人生平，打败天下无敌手后，唯有以"独孤求败"自号，隐居终南山。最后那行用红油涂写的大字是"君子侠士不必跪我"。

　　戈北生平最是崇拜奇人侠士，早已闻说此前辈高人的绝世武学，对他心仪已久，只恨自己诞生也晚，无缘瞻仰这位大侠士的风采。今日得见其长眠墓穴，也算难得，因此读罢再不多想，对那行红字更视而不见般，恭恭敬敬地两腿一蹲，跪下向石墓叩头三拜。

人生的际遇有时真难想象，这一跪三拜后，奇事发生了：面前墓穴咿呀有声，石碑前泥土竟往下裂开，一个长方形的木盒竟呈现戈北眼底。盒面用清楚字迹刻着："已行拜师大礼，就入我独孤门下，要依求败剑谱修习，必可发扬光大独孤门派。好好珍惜保存此檀香木剑，此为余生平用剑。"

戈北仿佛身在梦中，有点不相信地小心提出木盒，打开一看，果然有本剑谱及黑色木剑，握在手上轻如无物，就凭此木剑真想不通如何能天下无敌。剑谱上另有一笺，几行小楷写着：

"天下人莫不以君子侠士自居，岂肯对我下跪？跪余者必谦卑自称小人及非侠士，实与余有缘，真小人胜于世间伪君子，故收汝为徒，好自为之。"

戈北虔诚地再行跪拜后，才捧着木盒离开终南山。江湖上再不闻戈北侠踪，传说纷纭，有道其人已遭不测，有云戈北远游海外，也有猜测已洗手下海，再不行走江湖云云。

也不知多少年后，江湖上忽然有个百变采花贼横行，所谓百变，倒非真个有百种变化，只是对这个艺高胆大的淫贼，公门捕头至今仍无法形容其样貌，大家言之凿凿，都说见过，却无法说出其真面目。怪事是，被淫辱过的妇女也都各说各的，让捕快们方寸大乱，以为方圆百里同时出现了很多个淫贼。

与此同时，大江南北有位年轻侠客，经常脸带笑容，遇到敌人袭击，拔剑时对方眼睛来不及闪烁，剑已锁喉，心胆俱裂中，才发现指着喉咙的是柄黑乎乎的檀香剑。消息不胫而走，不信者大有人在，世间岂有如此快剑？持剑人为何要用木剑？后来，被这位不知名的侠客打败的江湖败类越来越多，这些败类均被木剑剑气伤及肌腱骨骼，武功都被废掉了，只留下了残命。

　　问及其师承、姓名，这位侠客总是展现可亲的笑颜，只说是终南山独孤求败传人，无名无姓隐于市而已。于是江湖上就冠以"隐侠"以示尊敬。

　　闽江一带小镇，淫贼横行，妇女人人自危，不敢独行。那日光天化日之下淫贼抱持一少女到市外荒林，少女大叫声中，忽见人影一闪，面前被人挡了去路。怒目持木剑的隐侠正是挡路者。淫贼放下少女，怒从心起，拔起大刀不由分说就向对方砍去，人也前跃后闪，以三十六招夺魂刀法，招招攻向敌人要害。木剑轻灵回旋，三招后就指向淫贼咽喉，淫贼大惊，来不及退却，面具已被挑开，正想蹲下再逃，木剑发出剑气，再度击向其脸，又一次被挑去另一张面具。

　　"原来你就是百变采花贼，看你还有多少张假面具？"隐侠说罢，木剑回旋，一招行云流水，再一张面罩被撕开，淫贼大刀虽左右拙劣地乱砍，却全被剑气封死了。

　　最后再无面罩被除了，淫贼那张真容，久不见阳光，呈现死灰苍白之色。隐侠木剑向下扫过，淫贼大叫声中，股间阳具已被切断，血染满裤管。

面无血色的少女爬起身，向隐侠跪拜，感谢他的大恩大德，他说："回去通知捕快吧，以后他再也不能作恶了。"

少女站起来，刹那间眼前人如烟似的遁隐了，夕照下只有半死淫贼的呻吟声伴着风声……

蛊毒

剑神中毒得到上官凤的解药后，已恢复了往昔名扬江湖的大侠形象。江湖上的大小恩怨、难解难分的仇杀，又经常邀他去主持公道。

剑神之妻温玉对丈夫依然尽着传统的妇道，虽然明知他的魂魄被妖女勾引，常离家出走，但她还是为他守着空帏，不离不弃地等待又等待。也因这份情，剑神不忍抛妻，终至无法和上官凤相守。被武林视为妖女的灵山派掌门人，在最后动情的刹那，竟为他解开了蛊毒，让他得以重新为人。

剑神午夜梦回，每一思及，总不忘那段与上官凤痴缠的日子，他在没有被蛊惑神志清醒的情况下，往后多年漫长岁月中仍苦苦地思念着她。

八年中，江湖变化极大，灵山派几乎成了武林霸主，但其背后居然是受命于天山魔君，传说上官凤的姑姑，也就是那前任掌门，是由魔君培训成人，负有了不可告人的使命，在临终把掌门传与上官凤时，也要她发誓继续其未完遗志。

剑神因神化的剑法，被江湖视为群雄之首，成为对抗灵山派的主力。可若在单独遭遇战时，被围攻的剑神，内心因那份无人得悉的"爱屋及乌"之意，而剑下留情，不忍斩草除根，只用其高超刀法把灵山门人迫退而已。

因剑神的阻碍，灵山派再难所向无敌，门人纷纷举报，终于让上官凤再三思量后，已非要亲自出山不可了。

飞鸽传书，剑神展读那封秀丽的笔迹，神思恍惚，一时间，往日与上官凤的恩爱都一一在脑内显现，竟有点迫不及待地要去玫瑰园。

上官凤一袭红袍，婀娜身影一闪就从玫瑰阵法中步出来，剑神早已等在园外。四目交投，多年不见，真个恍若隔世，再重逢，千言万语竟都无从出口。上官凤依然风姿绰约，两鬓有些微白霜，笑靥如旧，脸带倦容，剑神心底一时涌起无限的怜爱，忘情地注视着她。

凉风吹拂，久久，他才回魂似的开口："这些年来你都好吗？"

"托福了，身体还好，不过是忙到晕头转脑的，总有做不完的事。唉！你何苦要和我作对呢？"她幽幽地叹气。

剑神仿佛受到雷轰般，心一下子软了："一定是误会，我怎会和你作对呢？"

"我忠于魔君，你却和那班所谓名门正派找碴，还说不是和我作对？魔君早已不是以前的魔君了，对江湖做尽了好事，你难道不知道？"上官凤轻声说，好像都是发自肺腑之言。

"谢谢你当年的大义，可人在江湖身不由己。对灵山派，我向来网开一面，你是知道的啊！"

"若非如此，我也不会约你相见了。接招吧！"她话才完，剑气已发，剑神没想到她会突袭，天窗穴一麻，赶快提劲运气，幸好她并无动杀机，因而气到颈部麻感尽消，大惊中他往后退，剑风旋绕，把全身穴道包裹在剑招中。上官凤突袭不成，反身就走，剑神立追，女前男后如影随形，冲破了玫瑰五行八卦阵。一直在花香飘逸里尾随的剑神，终因忘了防备花阵的情蛊，再度被惑，乖乖地陪着上官凤回到她的闺阁。

静寂中两个立场有异的男女对视，突然情难自禁地相搂相抱相拥。她多次坚拒中，他忘情地在她耳际呢喃："今天是我生日，你要送礼物给我嘛！"

上官凤心软，终被他吻上了芳唇。久久，他说："我来，是要你享受我的万缕柔情，请让我侍奉你。"

"不可都委屈你，怎能只是你给我，你也要和我一起快乐……"

他为她宽衣解带，欲仙欲死地缠绵后，两人搂抱着依依难舍，她迷茫地问："以后怎么办？我有犯罪感呢！"

“让我做你的裙下臣。”他吸吮了她口中唾液暂时解了蛊毒，迷糊地提出了连他也不相信的许诺。

　　“你不是最反对做女人跟班吗？”

　　“今生无望与你结合，改当你的裙下臣，爱你疼你惜你，可慰相思，又不伤害温玉，我会退隐江湖的。”

　　“太好了。”她将进出阵地的口诀念出来，再问，“记熟了吗？”

　　他点头，拥吻上官凤，才难舍离去。

　　江湖群龙无首，剑神无缘无故地失踪了；只有灵山派掌门人上官凤笑得好开心，她施蛊毒的功夫更上层楼，轻易就拥有了一个最忠心的裙下之臣……

琴箫情

箫音悠扬，散播进周遭的空间，远远近近若隐若现的箫声破空传至，本来平静无波的止水心坎，骤聆此哀怨断肠乐曲，仿佛浪涛突击，掀起无尽的涟漪。

吹箫人是江湖侠客萧无极，外号无敌铜箫。他自出道以来就云游四海到处行侠仗义，救人无数。他外表英俊，为人豪爽，脸上常挂着笑意，但无人明白他过去发生过什么事，以至箫音中盈满愁绪。

他从天山一路往南走，每个地方都随缘布施，待在一处不到两天又匆匆离去，像在逃避仇家似的。令人难解的是，以他的绝世武功铜箫十八式，江湖上几无敌手，还有何人可令这位当世高手东奔西逃呢？

那年与她在嵩山意外邂逅，他对面前婀娜妩媚的弱女子顿生好感。殊不知是误会还是她是仇家后人，他对她展颜，正想攀谈时，她忽然出乎意料地发招，抓在玉手上的兵器竟是琵琶,挥舞如仙女散花,刹那间风声呼啸,他被强力的暗劲迫着后退,等到调息吸纳,运气于掌,持箫抵挡,才渐渐化解陌生美女进攻的气势。

他的十八式一经展开,源源不绝,招招相扣连锁,攻中带守,身遭被无形气环包围,滴水不入。琵琶久攻仍不见功,女子骤变招数,急退七八步,一个回旋美姿,人已盘腿而坐,低首垂目横抱琵琶。

萧无极一愕间,硬拉回已追迫之杀招"铜箫锁喉",人也因回劲而倒退几步。来不及发问,琴声破空而响,但见她纤纤十指转轴拨弦三两声,轻拢慢捻抹复挑,大弦嘈嘈小弦切切。萧无极一颗心七上八下,随着琴音时快时慢,仿已被催眠,脚步不受控制地移向她。正当他神志不清时,忽而当的一声大响,一根琴弦中断。萧无极随即止步,额上汗珠已滴,暗叫好险。

"请问女侠缘何无理取闹?"

"因为你是无敌铜箫啊!不找你找谁?今天算你好运,琵琶断弦放你一马。我就是一路追踪你的峨眉派第三十七代掌门人冷血艳。"

"我什么时候得罪了阁下,一定要来找麻烦?"

"少啰唆,天涯海角我还要找你还一笔债。"言毕风声呼呼中她已抱着琵琶急跃隐没于林中。

萧无极心情黯然寥落,百思难解,想不起哪年哪月开罪过这位武功高强冷艳清丽的掌门人，今后将永无宁日。从天山往南走，以为能避开这场上代结下的恩怨，师父临终遗言，希望他设法化解，冤冤相报何时了。他到处行侠济世，也无非向她证明，他并非浪子，并非徒有虚名。没想一见，原来她美艳若仙，他那一杀招，真的全力出击时，还是会为了怜香惜玉而硬收回的，可惜她并不知道。

萧无极并不怕，倒祈望能再遇上她，可是匆匆数载，斯人已无踪影。万水千山外的南太极传说是人间仙境，由于心之向往这个世外桃源，他终于来到了昆士兰的黄金海岸。

每日在沿岸闹区中演奏铜箫，西洋人驻足聆赏后，除了掌声也放下了些赏钱，足够他正常的生活开支。

那天在沙滩上熙来攘往的游客中，离他不远处，有一女子抱着琵琶行到他身前。在他持箫吹奏时，她抚琴拨弦，琵琶声突袭而至。但见她十指如飞错杂弹，大珠小珠落玉盘，四弦一声如裂帛，铁骑突出刀枪鸣。

铜箫忽高忽低，回旋穿梭于琴声中，内力贯彻，如泣如诉，在她杀气奔腾里柔情万缕地化解迫至的力道。当世两大高手在不明所以然的洋观众前已交手几十个回合。

充满杀气的琵琶声由渐被温柔如水的箫音纠缠着，两对本来敌视着的眼光也已无意中缠绵交接，一切变得如诗似画，像昆士兰黄金海岸的暖和阳光，琴箫和奏在二人对视微笑中画上句号，掌声雷动，铜币如雨地赏赐给这两位华裔音乐家。

　　冷血艳轻笑着走近箫无极，他本能地一退，惹得她哈哈大笑："还怕我？"

　　"真没想到，竟会在澳洲相遇。"他抚着铜箫低叹着。

　　"同是天涯沦落人，我们算不算有缘？"

　　"是吧！我想欠你的债今天要开始还啦。"

　　自始，黄金海岸的海滩边，有耳福的游客在晴朗时就会聆赏到这对侠客的琵琶铜箫合奏，箫无极终于完成了师父的心愿，与冷血艳共缔良缘。

逍遥派

　　逍遥派崛起于江湖是近二十年的事。清一色只收女弟子的逍遥派掌门人外号逍遥姥姥，终年以黑巾蒙面，不论敌友还是徒众，皆无法得窥其真貌。故关于她的种种匪夷所思的传闻，也就不足为奇了。

　　逍遥派本与世无争，后来为了不受控于关外魔教，就全力反击。为免于被吞并，姥姥下令尽量把其他门派收为己用，引起了武林的腥风血雨。人在江湖，不是杀人就是被人杀，这好像是不变的定律。

　　封珂是姥姥的得意门徒之一，有张如花的容颜，未言先笑，予人好感。她奉命前往闽江畔追杀大侠剑狂，这位武林新秀外号“剑神”，练就人剑合一的神技，几乎是打败天下无敌手了。

　　也许是前世的宿业，当封珂在江畔与剑狂邂逅，这对男女四目交投的刹那，居然杀气尽消，升起的是蒙眬的一片好感，那份相见恨晚的感觉由淡转浓，终于一发不可收拾。

封珂违背了师命，竟然在逍遥派分舵处，情迷意乱中以身相许，成了剑狂的女人。十年前，这段轰动江湖的情缘，被好事之徒渲染得沸沸扬扬。为了剑狂的声誉，封珂不辞而别，痛苦地割舍下这情爱的包袱。

不意他竟是情种，对封珂的那份深情无法遗忘，从此浪迹江湖，天涯追寻，把对剑的痴变成了对封珂的痴，终日借酒消愁，也不管世人如何对他评价。反正，没有了她，活着对他仿佛是中毒或像极了被蛊惑了神智的人。

逍遥派众姐妹经常被剑狂追问，往往在一场激烈的打斗后，剑痴也因了"爱屋及乌"，对这些被江湖称为妖女的邪派门人，刀下留情，不忍刺杀。

封珂为了躲避剑狂的纠缠，早已返回逍遥派总坛，本想从此在山中接受师父的严惩，闭门诵经度过余生。不意，姥姥病重，那天在床上召见了这位叛徒，和她单独密谈，要她发誓光大门派，同时拘拿剑狂回山，若肯为逍遥派所用则留下，若不从就刺杀，以免阻挡逍遥派成就霸业。

封珂万万没想到姥姥居然是她的姑母，把重担交了她，脱下手上掌门人玉戒指为她戴上；同时把面上黑纱巾转给了她，要她从此不得以真面目示人。临危受命，她茫然中只得含泪应允。

众姐妹在叩拜了新掌门后，也无法知悉她是哪位师姐，从此也以姥姥相称。

新姥姥同样下达了拘捕剑狂回山的命令，但多了一条是绝不可伤他的性命。这和被视为邪魔外道手段狠毒的逍遥派一向的手法，似乎相去甚远，众门人虽心有疑惑也不敢多问。

那天在闽江畔的酒家，剑狂语无伦次地大骂逍遥派，他用此法已多次引来了逍遥派人，目的是想从她们口中探悉封珂去处。这些年来，他再无心理会江湖事，武林中人大多把他看成了一个痴呆的疯子，每日喝得醉醺醺，酒气冲天，像酒鬼一样，不同于酒鬼的是他虽在醉中，仍然剑法如神。

果然不久，几位持剑的女子不知从何处跃出，不由分说地围攻了剑狂。他听风转身，随便以拇指或食指东点西指，利剑纷纷坠落。美女们花容失色，或被点到了巨骨穴、或扶突穴、或命门穴、或身柱等背后穴道，感到一阵麻木。剑狂哈哈大笑地扬声说：

"还是回去请出你们的姥姥来吧！"

话才说完，一阵玫瑰花香扑鼻，耳闻传音："剑狂，是我，你要找的人。"

"封珂！是你，果真是你吗？你在哪儿？"剑狂梦寐以求的人终于传来如蜜的声音，他狂呼奔前，跟踪声音，人如影地消失不见了。走进竹林内，他晃动了几下就昏迷失去了知觉。

醒来，人在床上，那对似曾相识的眼睛望着他，轻声说："你中了我的逍遥毒，全身无力，只要听话就无大碍。我不杀你，你今后也不要再为难我门人，每月来见我一次，自会给你解药，你要保命，就要信守每月之约。"

　　"你是谁？你的声音很像封珂。"

　　"我是逍遥姥姥，笨蛋。我的声音就是你的毒素。"姥姥转过脸，眼中蕴含万缕柔情，轻轻叹了口气……

柳含月

柳含月的父母是扬名江湖的侠客，喜欢打抱不平，因而结下无数仇家。自有了掌上明珠后，柳氏夫妇便隐居于闽江畔，亲自调教女儿，希望把绝世武功传给唯一的门人，也就是含月。

含月自幼聪慧，对弄刀耍剑不感兴趣，可却极爱弹琵琶，宁可把时间花在向妈妈学琴艺上，也不肯听从父亲硬要她练刀舞剑的要求。为此柳老苦恼不已，最后与夫人妥协，在含月成长时期，同意习武与学琴平分时间。

在每日生活里，上下山道挑水砍柴，含月都要分担，并没有因是独生女而受到额外的宠爱。其实这也是柳老的苦心，在她不知不觉中把上乘的内功心法经由粗活而传授给她。

母亲教她的琴艺，也非一般的音律，除了琵琶弹奏方法外，还教她如何调气，如何在遇敌时经由琴音中传出内功，让音波扰乱对方心神，重则致命，轻则使人逃之夭夭。

已亭亭玉立的柳含月初出道，没多久便轰动了大江南北：长得清秀的脸颊，不怒自威，两只眼睛冷如冬月，仿佛可以照入对方灵魂。坏人遇到她，在她美丽的姿影中，一打照面，几乎来不及细瞧，已被她震慑了。往往刀还没拔出，已被她的快剑抵着咽喉，魂飞魄散中唯有乖乖听命。

那次到武夷山办事，翌日回家，她惊见父母双双伏尸厅堂，大厅家具全毁，想是经过激烈打斗后被杀。突遇巨变，她几乎昏倒，抚着双亲僵硬的尸体痛哭，咬牙切齿誓报此深仇。

埋葬了父母后，含月带了琴与剑独走天涯，要去刺杀仇人。可是，天地茫茫，连仇人是谁也不知晓，又将如何寻觅呢？她心中的仇恨堆积得如一座行将引爆的火山，行走江湖时，遇到可疑之武林人士，若查知是黑道者，或对她姿色表现出垂涎时，她二话不说，必出剑杀之而后快，死在她剑下的人不计其数。

柳含月为报亲仇，走火入魔地胡乱杀人，竟把往昔的侠女声誉断送了。江湖上提起这个武功高强的冷艳女子，从此称作“妖女”，由正而邪，实是她父母生前所难料到。

她父母仇家极多，又无蛛丝马迹，真是杀不胜杀。因此，江湖兴起了一阵腥风血雨。含月却不管那么多，一心只放在报仇的事上。艺高人胆大，有一次在闽江畔独斗几位黑帮高手，几乎被迷烟毒倒。幸而她临危镇定，改以琴声抗敌，最终流泻出的"十面埋伏"正好是她自己被重重包围的心态，敌人在琵琶声中纷纷逃遁。

"阿弥陀佛！"声声佛号不知何时竟从琴音中穿插而至，含月原本充满杀气的琴声，渐渐由强而弱，肃杀之气被佛号慈悲圆融的声波化解，因而转变为悦耳之声。

"施主，放下屠刀立地成佛！阿弥陀佛！"眼前貌不惊人的老尼，合十为礼。老尼身上的灰袍宽松，一串佛珠挂在胸前，低首含笑望着她。

"老尼姑，休管闲事。"含月大惊，赶快加强内力，想冲破她那无形的力道，忽然，琴弦一根根地断裂，终于琴音骤止。

"施主，缘何你心中充满了杀戮之气？"

含月知眼前老尼并非等闲之辈，不敢怠慢地回应："为报父母深仇。"

"你父母为何被杀？想必也是当初他们杀了别人吧！你为报仇滥杀无辜，被你所杀者，他们的子女将来又会来找你报仇，冤冤相报何时了呢？"

"不关你的事，让开！"含月挥出琴身，想摆脱这个老尼。但见老尼灰影一闪，她手中的琵琶已被老尼夺下。

含月不由分说，长剑快速拔出，剑锋游走。老尼双手合十，口中再念佛号，一道至柔之气无影无踪地把她前后左右都包围起来。她的剑仿佛被人用胶漆在空中强力地胶着了，居然无法再移动，什么剑法也使不出来。

"阿弥陀佛！苦海无边，回头是岸。"温柔的声音充满了慈悲，含月心中先前的仇恨和杀气竟渐渐消失了，脑中空白，忍不住悲从中来，双脚不听使唤地跪下。

"起来吧！施主有慧根，何不随老尼云游四方化缘去？"

含月不由自主地起身，眼泪滚落，扔掉了断琴和手中长剑，点点头，就随老尼而行，上了闽江畔停泊的渡船过江而去。

从此，江湖上再无柳含月踪迹，大家也无法知晓她是死是活……

红缨枪

　　丁成师傅已过耳顺之龄，在略胖的体态上仍然看不出岁月在他身上划过的痕迹。他十八般兵器样样精通，最精的自然是令黑白两道闻之丧胆的红缨枪了。

　　半生纵横江湖，壮年时便扬名大江南北，有一次押镖路经武夷山麓，被那伙不知死活的山贼包围。丁师傅气定神闲持枪大喝一声，也不搭话就舞起二十四招红缨枪法，其中一招六式的"梅花落瓣"，刹那间让对手在错愕慌乱中，喉头已被枪尖顶着，只要往前一推，必穿喉而亡。但丁师傅的目的并非要置对方于死地，无非想让山贼知难而退，在他们惊魂未定中回枪，顺手扫落他们手中兵器。此役后，丁师傅声名被宣扬得沸沸扬扬，投其门下的弟子日增。

　　令丁师傅闷闷不乐的是他唯一的儿子丁功。丁功根本无心继承其衣钵，无论如何软硬兼施，也难动摇这个儿子的决心。他自有一番大道理，什么时代有别，所谓"江湖"，无非是黑白两道争名夺利的地方。何况保镖行业始终会式微，苦练有成，红缨枪法传下去，总有一日会变成舞台上表演的"特技"。这些忤逆之言，真令丁成又气又怒，恨不得一枪锁喉刺死这个不孝子。

80年代随着内地的开放，兴起了留学潮。丁功也漂洋到了澳洲的墨尔本，过起半工半读的洋插队生活，竟也如鱼得水。

十年窗下无人闻，丁功学成自营生意，不久也做得红火。业余为了融入主流社会，结交了不少当地来自世界各国不同民族的朋友，当然也有了不少澳洲洋友人，机缘成熟并加入了一个打猎协会。

因是打猎协会的正式会员，顺理成章地申请到枪照，每逢周末或晚间，便去射击场练习枪法。也许天资聪颖，或是兴趣使然，几年间，丁功已成为协会中有名的枪手，一枪在手，几乎弹无虚发。难能可贵的是不论是长筒猎枪还是左轮、曲尺，都能得心应手，仿若电影中的西部牛仔，扳抢开枪收枪一气呵成，绝不含糊。

事业有成，丁功便如愿地把在内地的父母接到澳洲来团聚，丁成抵澳后，知道了儿子虽没有克绍箕裘继承父业，但在洋国度中也有了立足地，洋车洋房样样皆有，也老怀安慰。

那天，闲来无事，丁成就把带来的兵器一件件拿了出来，当摆设般挂在大厅上，拿起红缨枪到后花园，一时手痒便舞动了。劲风虎虎生威，舞完时左邻掌声连连，一对中年洋男女又笑又嚷，叽叽喳喳。丁师傅只有抱拳微笑，不明他们说些什么。

晚饭时，丁功问："爸爸，你今天练枪了是吗？邻居佐治先生给我打了电话，大赞你呢，同时建议你到墨尔本著名的杂技团求职。"

丁成寒起脸冷冷地说："岂有此理，把我成名的绝技当成杂耍。老子枪法是用来表演的吗？"

丁功微笑地望着老父："爸爸，时代不同啦，幸好我以前不跟你苦练。咱们的枪法，再神，也成了杂技了不是？我的枪法就不同了，猎季快来了，我带您去开开眼界吧！"

丁成一脸迷茫，怎么也无法想象这个不肯继承他绝技的儿子，竟也会枪法。

维州一年一度的猎鸭季到了，那天丁成载了父亲赶到二百多公里外的猎场，近百位打猎协会会员已三三两两分散在广阔的水草上。丁功全副装备也加入了，身边还带着父亲，但见他举起猎枪，瞄准后按下扳机，子弹呼啸连连，一只只鸭子应声中弹而倒，真个是神枪手，弹无虚发。

回程时，儿子问父亲："爸爸，我的枪法如何？"

"不愧是神枪手，真有你的，学了多久？"

"三四年吧，学您的要十几二十年，又无用呢！"

丁成又高兴又烦愁，喜的是儿子竟是神枪手，愁的是自以为荣的绝技，当下竟沦为"杂耍"。

终于下了决心回国，大发英雄帖，在武林会上，正式宣布"金盆洗手"，封枪退出了"江湖"。神州武林人士皆不知丁师傅出洋后受了什么刺激，居然如此坚决地把名扬武林的红缨枪法绝技埋没了。

丁师傅再返澳洲，莳花弄草，过着退休式的休闲生活。走在街上无人知晓这位老先生，竟是身怀绝技、来自神州的武林人士呢！

无情刀

　　峨眉派门下大弟子梅姑，从小跟随灭绝师太学艺，带发修行。师太不愿在她尘缘未了前迫她出家，主要是希望她将来能接任掌门，将峨眉派绝学发扬光大。

　　梅姑秀发披肩，杏眼含笑时，整张清丽脱俗的五官仿佛涂上了蜂蜜，甜味洋溢，令人禁不住想亲近。行走江湖，也因了这姿色总会无缘无故招惹些登徒子，时被狂蜂浪蝶缭绕自不在话下。

　　众师妹对这位秀外慧中的大师姐又敬又爱，主要是梅姑脾气极好，对师妹们一视同仁，有问必答，排难解纷义不容辞。

　　峨眉灭绝师太年事已高，也想专心修行，因而召集门徒，隆重宣布传位大事，梅姑深得师心，自然继承了师父的掌门之位。同时，灭绝师太也当众把"无情刀"秘籍授予新任掌门。

"阿梅，要等机缘成熟，你才可以练这门绝学。"师太语重心长地说。

"是！请问师父弟子如何知道何时才算机缘成熟呢？"

"阿弥陀佛！"灭绝师太闭目合十，再不回应。

礼成后，众师妹高兴地围绕师姐，纷纷向新掌门人道贺。梅姑一如既往，笑逐颜开地一一回礼，并无半分灭绝师太威严的掌门相。

山中无事时，梅姑忍不住想起那本秘籍，于是偷偷地开始依书学习，经历数月，却只学到了无情刀法的无数花招，中看不中用，总不明白为何如此。

那次下山遇到了几个流氓，以为她是一般的良家女，风言风语地调戏，梅姑手痒便拔刀，施出无情刀法，谁知竟似街头卖艺人，刀式极美却无半点杀伤力，最后不得不使出峨眉派神功击伤那几个流氓。

一表人才的表哥林虎在武当山艺成后下山行走江湖。那天在姨妈的诞辰上这对多年不见的表兄妹相遇，梅姑芳心大动。国字口脸的林虎望向她时的眼睛，令她有点手足无措，身为一派掌门人，竟如此失态。她事后才知"一见钟情"果有其事，从此花前月下，郎情妹意诉不尽的相思，霎时传为武林佳话。

一年间从初恋至热恋，正当梅姑暗自编织着与表哥相栖相宿的美梦时，那天在武当山脚附近的杏林内，惊见情郎亲热地搂抱着一如花少女。初始以为眼花，悄悄趋前反身骤然回首，男人正是朝思暮想的林虎，少女竟是她的表妹如如。这一惊非同小可，霎时天旋地转，狂呼一声拔刀而砍，再顾不得自己掌门人的身份。

林虎持剑挡着她的乱刀，让如如乘机逃离步步杀招。

梅姑咬牙切齿地大声问："你说，为什么？你为什么如此无耻？"

"梅，那是风流，不是无耻，你冷静点好不好，像只雌老虎。"林虎气定神闲地施展武当太极剑法困住了她的刀。

"你下流，不要脸，我誓报此恨。"梅姑气急攻心，全力挥刀，想把负心人砍死刀下，却被利剑黏紧无法施展。

梅姑返回峨眉山，伤心欲绝，几天几夜不出房门。大哭几场后，终于清醒，重新出发，没事人般地管理山上日常工作。师妹们都知道，却无人敢问。

晚上，梅姑练功时，忽然想起那本秘籍，再次依书苦练，心境悲恸，每一刀都想刺死那负心人，殊不知刀式一路下来如行云流水，劲风呼啸，把无情刀发挥得淋漓尽致。

一年后，梅姑再到武当山下叫阵，指名要斗林虎。一众武当弟子把前来挑衅的梅姑密密围绕。

梅姑心中的情早已如风逝去，哀莫大于心死，死心再无情。恰恰是灭绝师太当年所说的"机缘"，而促成她练就了峨眉绝学"无情刀"。这些微妙变化，梅姑也不知。她拔刀而舞，轻松自在，仿若表演刀法的卖艺人。武当派弟子们的剑阵，已被她的刀砍得七零八落，歪歪斜斜。

乘胜追上山，找遍了大殿及前后山，却不见负心汉的影子。武当弟子说，林虎因为犯了淫戒，两月前已被驱逐出武当。

梅姑心中涌上一阵快意，冷笑着离去。

峨眉派的"无情刀"一举轰动武林，江湖上伤在无情刀下的全是那些负心汉子和调戏妇女的流氓及登徒浪子。

梅姑却没想到，林虎并无被驱逐下山，他是自知不敌，骗过了表妹，当日竟躲在武当山上灵骨塔附近的闭关山洞……

无敌剑

　　十月仲春时节，"大洋洲武术总会"理事会，假座澳洲首都堪培拉国家博物馆的会议大楼举行紧急会议。出席的理事们皆是全澳各大门派的代表，有自由搏击家、武士道、跆拳道、咏春派、金鸡门、泰国拳、柔道、蜻蜓刀及武当、少林、华山、昆仑等自神州移民的弟子，为光大其门派而设馆授徒自封的各级"大师"。

　　议题是近几个月来各同道先后被一位神秘剑客，号称"无敌剑"者前来踢馆。这个剑客自我介绍是来自武当，承师命要来扬威立万。因此，大会请武当的木师傅发言。身躯略高的木师傅用流利的华语把那个所谓"无敌剑"当日在其练武厅扬威的经过转述：

　　"他一来便找我讨教，除去外衫，一身的结实肌肉展现，手持一把白钢长剑，精光闪闪，大约四十岁，个子适中，眼瞳外露仿若金鱼眼，声音洪亮，说中华武术给我们这

159

些三脚猫功夫侮辱了，除非能打赢他，不然就要关门。

"我说无仇无怨点到为止，他笑而不答竟先发制人地使出'海底探针'，我愕然间闪避，来不及抽剑，但见他的剑招连绵，'渔翁撒网'后，立即变为'仙人指路'，再使出'顽童蹬腿'。说来惭愧，我连挥剑抵御的机会也没有，已全身被他的剑影罩住；一路倒退，在他第五招'仙鹤拜月'攻至时，咽喉已被锋利的剑尖抵住。若非他手下留情，今日老夫是不能来此开会了。"

蜻蜓刀维州掌门人萧湘子，外号"刀神"，以一对八卦刀称雄中原，移澳后设馆光大师门，他是个老粗，接下去妈的妈的愤愤不平地讲："我那天也被这小子用他的无敌剑迫到双刀落地，丢那妈，我们这么多人难道都怕了他？"

大家笑着起哄，要老粗说说如何败阵？他红着脸，讪讪地说："他也不多话，说输了要我闭馆收山。出剑就是'风摆杨柳'，也不见他如何转变，忽然一招'碧波荡漾'剑气回荡，我的双刀还来不及招架，已被'凤凰展翅'震落，妈的真是邪门。"

会长封一炮叹了口气说："看来他可能是武当张三丰直系嫡传徒孙辈，所用皆是太极剑招，但太极武功以柔见称，为何其剑气如此凌厉？"

大家脸色凝重，见到刀神垂头丧气，人人心情沉重。然后你一言我一语纷纷提出不同方案，有说收买传媒，别让报道；有说言论自由并非在大陆；有提议打群架，不赞成者说丢人，胜之不武。

为了名誉及生计，"大洋洲武术总会"诸公呕心沥血地必要想出解决办法，不然武馆——关门，直接影响业务，间接令中华文化受损。但若单打独斗，在场竟无人肯逞英雄，群殴又有失江湖规矩且非侠义中人所为。大家内心苦恼，正无计可施时，会长封一炮倏然开口：

"兄弟们，武斗不行，我们来个文比，大家合作出点钱，我认识一位御用大律师，分别控告他到我们的武馆捣乱，看他如何再逞强。"

果然不愧为领导，如此巧计也能想出来，反正这儿又非中原武林，在此的江湖同道同仇敌忾，谁也不会嘲笑谁，大家在无良策下热烈鼓掌通过。

"大洋洲武术总会"发表了义正词严的声明，把那位"无敌剑"破坏此间武林的"恶行"公诸于世，同时几个门派一齐寄律师信控告"无敌剑"。社会沸沸腾腾，知道真相的人士虽然都为"无敌剑"打抱不平，但洋国家的公道和正义却掌控在金钱与法律游戏的挂钩里。

半年后，各武馆已风平浪静，而"无敌剑"受不了那么多的缠身官司，心灰意冷地自我放逐，黯然返回武当山向掌门师父报告此行见闻……

武林大会

　　"亚洲武林联合总会"每年在不同地区召开一次,大会内容为联谊、旅游兼改选。如今,第九届理事会任期已满。会章定下只有出席之会员始能参选理事,缺席者等于弃权。

　　此次开会地点由上届会议决定,在澳洲昆士兰黄金海岸。武林同道们早听说这是一处旅游胜地,同时,不少后起之秀很想争到理事会的职守,从而扬名江湖。所以,出席人数比任何一届都多,十五个地区到了一百六十余人。

　　在面海的喜来登五星大酒店会议厅,各地区原任理事及代表齐集,踊跃参加年度会员大会及改选新届理事职守。

　　武当派掌门清云道长以会长身份主持会议,这位仙风道骨的世外高人,声如洪钟地说:

　　"本人年事已高,会长一职请另选贤能者担任。为了总会的美好前景及发展,新届会长人选,经理事会同人事先交流、磋商,都认为由峨眉派的妙兰师太领导最宜。妙兰师太是峨眉派的掌门，江湖上声名极响，如她出任会长，将对总会有很大的贡献。如没有人反对，请大家鼓掌。"

全场鸦雀无声，目光不约而同地射向妙兰师太。妙兰师太像不食人间烟火的中年比丘尼起立颔首，轻声说："江湖同道对贫尼多不认识，如何敢挑起大任。谢谢道长厚爱，但为了峨眉派名声，贫尼只好勉为其难接任。"

清云道长先拍掌，峨眉弟子随之大力鼓掌，其他门派代表互望后也跟着拍手，就此顺利选出了新会长。

为了扩大组织，招收更多会员，清云微笑着再发言：

"副会长本来只有五位，章程并无定明有任何限制，因此，我建议每地区分会会长只要有出席此次会议者，都成为副会长，大家意下如何？"

有人心中觉得不妥，但不想成为公敌，唯有不吭声，皆大欢喜的是各地区的分会会长们，实时成为总会的副会长，共达十五位之多。

秘书长仍由澳洲分会元极派掌门人石琴继任，副秘书长由秘书长挑选，结果，为了方便运作，都邀了澳洲各门派德高望重者担任，共有四位，姓名在江湖上也多不为人知。

财政、核查、公关等职守，都不必改选，仍照上届名单再连任一届。

那些本来希望在此次总会改选时获得"一官半职"的武林新秀，对如此完全不依章程进行的总会改选，多次想提出抗议，但总是连发言的机会也没有。

清云道长面带笑容，和蔼可亲，发言时底气十足：

"为了公平，各地区除了拥有一位副会长外，在过去时间里对总会热心及有贡献者，都可由各地区成员推举一位出任总会理事。"

掌声过后，十五位理事人选已经由副会长把姓名递上，并由主席宣读，每次照样是掌声通过。

最后，改选圆满完成，请新会长妙兰师太致辞，她双手合十后说：

"谢谢武林同道们对贫尼的信任，为了表示谢意，本派将负起下届大会的筹备工作，若大家同意，下届会议地点就在风光绮丽的峨眉山上召开，好吗？"

掌声响起，大家纷纷向妙兰师太道贺，副会长们也彼此互相祝贺，人人喜上眉梢。

翌日，各大报纸发表的总会改选消息有如下报道：

"亚洲武林联合总会第十届理事会已经圆满选出，此次在自由民主的澳大利亚黄金海岸举行大会并改选。让与会的亚洲武林同道们学习了'民主选举'的运作，大家在极友好和谐气氛中，选贤与能，为总会今后发展提供有利条件。另外，为了表扬前任会长的贡献，大会一致通过敦聘清云道长为总会'名誉会长'，以志其功。"

散会回国后，那大班身为后起之秀的江湖武林侠士，当然无人能出位。捧读这则新闻时，心中真是五味杂陈，澳洲式的民主选举真的是这样吗？

倒是中国的代表团们，见怪不怪，反正玩得开心，谁做会长又关卿何事？

武林高手

　　一哥并非在家中排行第一，也不是师兄妹里的大师兄，不知内情的人都往这两方面想。他千真万确是姓一名阿哥，长大后觉得一阿哥叫起来不雅，就把阿字删去便成了一哥。亦因这个名字给他带来不少困扰，那些武林人士最容不下有人的武功在排行榜上称冠，既敢叫一哥，必是武林高手。

　　一哥的祖师爷是大名鼎鼎的任我行教主，自神龙教被铲除后教众星散，教主千金任盈盈归隐黄山，其徒众物色人选传授神龙教派的绝世武功。一哥长相英俊，身体硬朗，看外表就知是当世少有的能者。

　　他自幼习武，对各大门派的来龙去脉深入研究，一心想出人头地，在江湖扬名立万。那年邂逅峨眉派的美艳女侠兰子，惊为天人，拜倒石榴裙下。谁知襄王有梦神女无心，受此打击，一哥从此远离女性，专心浸沉剑术及各路拳法，希望把师门神功传扬于世。

那年路过武当，偶遇几位江南水乡的同门师兄弟，大家就在茶馆欢聚，笑谈江湖事。由于众同门均一哥前一哥后地叫，竟惹来邻桌数个浓眉大眼的汉子怒目，大约酒意上涌，其中一个粗鲁地指着一哥冷笑说：

　　"一哥？我呸，就凭你这乳臭未干的小子？老子鬼见愁，武当门下，请接招吧！"话才完他已一跃而起，横立在一哥身前。

　　一哥也不多话，微笑颔首地推开座椅，彬彬有礼地拉开马步，对方剑花撩拨骤然进攻，回剑直刺；突而身前突而在后，以其轻功回旋进迫，招招仿似要取其性命，狠毒又难防。一哥气定神闲居中而立，手中竟是一把檀木剑，看似胡乱回应，却每每于险象环生中把来剑迫退，无论对方用何招式，他都一一化解，好一种无招胜有招的绝世武学。

　　其余那几位汉子先后加入战斗，成了一对四的局面，一哥的同门也相继跃起，但被一哥阻挡，他施起凌波微步的轻功，前后左右刹那间全是他的影子，不到半盏茶时刻，鬼见愁和他的同伴的刀剑皆被震落地上，抱头鼠窜。

　　火热的消息不胫而走，江湖同道莫不想挑战一哥，都传只要打败了一哥，立即可以成为武林高手，这顶桂冠人人梦寐以求。因此，一哥不论到哪儿，都必有不同门派的江湖英雄们前来挑衅。他一再声明，先人的姓氏不能更改，并非他的武功是天下第一之意。

但这些话早已无人要听，能走快捷方式，打败一哥便成为武林至尊，人人趋之若鹜。一哥不胜其烦，已骑虎难下了。

改革开放后，机会终于来了，一哥早已厌倦江湖风波，尤其整日打斗，被人挑战，总不是办法。所谓强中自有强中手，迟早有一天会被人打败，到时自己脸上无光不说，倒是让师门难堪，那才不划算呢。

一哥心中想到走出国门，除可避开这些无聊事外，还可到海外弘扬中华武术，真是一举两得的事，何乐而不为？

一哥终于悄悄以留学生的身份到了墨尔本，来此后才发现愿意学武的洋人并不多，为着生计，只好在华埠餐厅做杂工，同事无人知道身旁竟有位神州的武林高手。

那晚是周末，餐厅凌晨才打烊，同事相约去皇冠赌场，但一哥不为洋国度的声色所动，宁愿早点休息。走到停车场，骤然从暗处跳出几个恶汉，指着一哥要抢他的钱包。一哥好久没施展过绝学，正好一显身手，也不见他回话，旋身扫腿，那数个洋人身体失去平衡，歪倒于地。

一哥正想离去，不意洋人挣扎而起，其中一人抽出曲尺手枪，啪的一声，一哥左脚感到钻心之痛，人随即扑倒，洋汉一拥而至，把他的钱包手表抢走。

救护车凄厉的声音划破了墨尔本宁静安详的夜，一哥醒来时，天已大亮，心中想着，有机会真要去申请一个持枪执照，无论如何也要把枪法练成……

无相神功

　　大成个子适中，经常绽露笑意，看不出是喜是怒，胖胖的肚子，说是能容天下难容之事。江湖中人送他个外号"老大"，这个外号实在是给他招惹了许多麻烦。他真是姓"大"，由于随和的性格，爱为人排忧解难，认识的正邪黑白两道，就尊称他一声"老大"。

　　传说老大练成了一门天下无敌的"无相神功"，因为老大人缘颇佳，将信将疑的人碍于情谊，心中不论存疑与否，多不好意思问。也有些非要打破沙锅问到底的人，问起他的神功时，老大总再三摇头否认，说是江湖朋友开的大玩笑罢了。

　　问得急了，老大口中就念念有词，细心聆听，原来是："无我相，无人相，无众生相，无寿者相。"这些出自《佛经》的金句，令问者一头雾水。

　　江湖险恶，人心难测，整日不停仇杀。若没食过夜粥(意为练过武功），有多少能耐者，是寸步难行。何况还要为各派纠缠不清的人事做和事佬，可见老大必有其过人的功夫，只是难见他显露而已。

老大急公好义，除了做和事佬外，也常接济老弱妇孺。天晴时节，爱背上个布包，上山下乡，为穷困村民把脉赠药，十足一个现代的赤脚医生。至于他的医术如何，从村民口中，就知一二。众人皆将他当成神医来朝拜，老大总是微笑着，远远照面，还会误以为他是一尊欢喜佛呢。

使一对流星槌崛起武林的卜街，外号"西邪"，是最近横行于江南一带的恶棍，从西域到中土，对江南美好风光甚为留恋，这却成了水乡人士的不幸。他生性凶残，三角眼望人，对方若有轻蔑之色，往往是自惹横祸，轻则被流星槌击伤，重则横尸街心。

中原不少侠义之士，激于义愤，找到这个恶棍，没几个回合就败在那对流星槌下。消息传开，令到乡野草民皆不敢招惹，西邪臭名因而远播。若能除暴就能成为英雄侠士，这就激起了不少武林中人的豪气，往找卜街者为数不少。

挑战者中，有位"千夫所指"的东毒，来自云南，武功出神入化，尤其是他的铁指功，能百步穿心，中者立毙。此功传说是从失传已久的"一阳指"指法演变而成。

这场决斗早已江湖沸腾，认识老大的人，纷纷向他请教，想问问西邪和东毒哪一方会胜出，老大总是不置可否，问急了就笑说天机不可泄露。然后说，因果相随，恩怨勾销，江湖就会风平浪静。问者莫不一脸茫然，不明他的玄机。

中元节日，福建泉州清源山的太君岩前，江湖各路人士皆已齐集山岩旁，等待观看难得一睹的当代两大高手的生死决战。人堆里也见到了笑口常开的老大，悠闲地左右观望，仿佛他才是主角似的，到处和人招呼寒暄。

该来的都到了，不该来的也全齐集一起。人影一晃，流星槌先声夺人，劲风破空刺耳，西邪忽然现身，只见他那对三角眼骨碌碌一转，也不声张，如山般屹立在太君岩前。众人嘘声四起，对他大喝倒彩，西邪视而不见听而不闻，傲慢地舞着那对令人丧胆的流星槌。

东毒的冷笑声从空中传来："老夫送终来啦。"掌声响亮中，但见一老头摇晃着已落在西邪面前。流星槌如闪电般击出，上下左右前后四方刹那间竟全是槌影，把老头困进步步杀招中；只见老头如柳絮左晃右躲，手指乱七八糟地点向对方。在众人惊呼中，鲜血溅落，老头左肩已被流星槌扫伤；而西邪右手的槌竟被老头的大力指震断，只余左槌苦苦进迫。

人影闪动，老大仿若醉仙，不知凶险地乱闯入了死亡之地，流星槌不长眼，恰恰飞打到他的大肚上。怪事发生了，但见西邪涨红了脸，使尽了力也无法拔出槌来。东毒摇晃着身体，右手二指齐发，电光火石中西邪的凄厉狂叫声令人毛骨悚然，两道血箭从他双眼射出，他双手按着眼睛倒下。

老大回身，无意举起手，东毒仿佛被一股强大无比的力量推开，大惊地瞧了老大一眼，话也不说地匆匆逃离清源山。老大蹲下为已瞎的西邪止血疗伤，在众人一脸惊讶中，老大还是带着笑脸扶着盲者，边行边听他念着：

"无我相，无人相，无众生相，无寿者相……"

镜花水月

　　横行于江南一带的淫贼罗刹鬼是天魔教的首徒，一张粉面靓丽可人，笑起来水汪汪的眼睛仿佛磁珠。尤其涉世未深的妙龄女子，往往由于对那张白脸起了好感而坠入魔掌。对此武林败类，江湖正义之士人人欲除之而后快。

　　菊子女侠疾恶如仇，她长相清秀，圆脸小嘴，展颜回眸令人神魂颠倒，但这些日子却心事重重，因为与昔日同门师兄一哥三年之约已过，这位令她芳心忐忑若有所失的师兄，彼此虽无多一言涉及私情，但眉目传情早已心心相照。本来约好再见后携手天涯，颇重承诺的一哥此次却错过了相逢的时间。

　　那天她驰马回山，路过一小镇，迎面俊俏汉子一打照面，立即策骑转身，与她并驱齐进。菊子只管让坐骑漫无目地踏蹄而行，心中老念着一哥的安危，竟没重视同行的马匹，以为不过偶然相遇的过客。

镇上小路已尽，再去是一片桃花林，菊子痴痴地观花，脸上写满了惆怅。身旁突然扬起笑声："姑娘，你单身一人莫要进入桃花林。"

"哼！桃花林有虎不是？"她侧首见到那张笑脸，本想不睬，却不知为何竟要回话。

"比虎还凶，专要捉拿像你一样的美人儿。哈……"话声才完，他已横马挡着去路，长剑冷锋已迫过来，要迫她下马就范。

菊子不善骑术，难在马上对敌，娇躯轻轻跳下，一招"挥舞彩虹"扬起剑气，硬把来剑迫退。对方本以为美娇娘手到擒来，岂知一出手竟是太极高招，不觉提起精神，运剑以天魔十二式绝学强攻，只见剑影剑气把菊子密密围绕。

菊子剑走轻灵，施出"捞海观天"后，再以"大雁飞翔"凌空直刺，对方的剑无力回挡，左肩被利剑插入，脚步踉跄倒退，菊子得手拔剑而立，铁青着脸喝问："阁下何人？"

"天魔教的大弟子罗刹鬼，你是武当派那位臭老道的相好？"

不听不怒，对方污言才完，菊子已知面前竟是踏破铁鞋无觅处的淫棍，娇躯跃起，长剑剑光如寒霜洒落，一招"凤凰展翅"快速似电地直刺罗刹鬼的咽喉。这个淫贼合该丧命，他虽被伤，由于轻敌且做梦也没想到菊子是武当派门下女弟子中太极剑法最高明者，就在他错愕分神的刹那，利剑刺入

174

喉。

为武林除去了公害，菊子心中不见喜悦，只身返回武当山。师兄妹们久别重逢，本有说不完的话，但她因为见不到一哥，心情抑郁，也没把铲除淫贼之事向同门报告。

倒是掌门师叔张无明告诉她一个意外的消息，说一哥已被派往美国弘扬武当绝学，三五年内也许才会回来。菊子为了与心仪的师兄再续前缘，拜别师叔及师兄妹们，翌日下山办理出国，海外万里游，目的只是寻觅心上人。

在东岸各州的漂泊，饱受异国他乡无尽的折腾，因为语言障碍，陌生环境中为了生存，除了做些杂工散工或为富有的华侨当保姆，一身武术竟无用武之地，思之黯然神伤。

几年来辗转做了多份不同工作，菊子存够了钱后，再转去加州，这个聚居亚裔人口最多的地方，盼望终能寻到日夜思念的一哥。在旧金山华埠查询，得遇《中南报》的主编陈大哲先生，从这位报人口中得知在赌城表演特技的中国艺人不少。

因此菊子决心前往拉斯维加斯。到了这座纸醉金迷的赌城，一个多月后，皇天不负有心人，果然被她遇上了朝思暮想的大师兄一哥。

别来无恙的一哥在人行道上，亲热万分地拥着一位金发女郎，当骤然迎面见到菊子，竟急速转过身去，匆匆拥着洋女郎离去。

菊子呆呆地立在摩肩接踵的人行道上，感到一阵昏眩，她像被世界遗弃，人很累心很伤。前程茫茫，一切犹如一场无比荒唐的梦，千山万水地追觅而来，到头竟是镜花水月般的幻影……

飞鸽传书

平静无波的江湖，近日因关外毒龙古怪忽然现身梅花山庄而令石秀心神恍惚。毒龙长着国字脸型、两条杀气极重的浓眉，已六十开外，但奇门功夫到家，又传说暗中采花，奸淫处子修长生大法，故看来比同龄者健硕。

江湖沸腾着千奇百怪的传说，仿佛是言者亲眼目睹似的，辗转的话题如下：

"关外毒龙古怪又到梅花山，再次控制了石秀。"

"过去半年，无影侠重遇旧爱石秀，可怜一代大侠为情所困，石秀感他一片痴心，终于献身。"

"石秀怕开罪毒龙古怪，想弃无影侠。可是，无影侠不甘心被耍弄，正计划到梅花山庄抢夺爱侣。"

"利用石秀的毒龙在关外，拥有比石秀年轻得多的美女供发泄，岂肯对石秀负责？到梅花山无非借用居所及满足淫欲……唉！女侠真是天下最笨的女人，听说是为了五年前江湖炒作而无法摆脱毒龙的控制。"

"年华渐逝美人迟暮，急着找个归宿的女人，满脑子幻想毒龙会和她终老。她难道不知炒作是古怪策动？"

"无影侠除飞鸽传书外，也多次传音给深爱的女人，苦苦哀求相见。可女人竟绝情绝义，坚决回话：'我已经对你说清楚，游戏终止。我真不该给你希望，我要和他在一起，因为我爱他。'"

"约会地点及时间都已定好，石秀若不来，无影侠定会独冲梅花山，不惜行刺毒龙，身败名裂也在所不惜……"

"妖女玩弄了不少男人，肉体根本不当一回事，不然，江湖上也不会流传着她那么多风流韵事。以前在关外曾与一洋鬼子练双修法多年，过着淫乱生活。"

"石秀不知道，她正一步步把无影侠迫离江湖。他已无心于红尘事，日夜想念她。他再也没练功，失眠、精神不集中，满脑子都是她的音容。"

"好戏已开锣，看来一场轰动武林的争夺战正在酝酿了……"

这些传言像秋天的棉絮，随风飘飞，点点散落在人心上，闲来无事的人，对江湖上这些名人绯闻，越传越荒谬。可是，人人都唯恐天下不乱，半信半疑中却都情愿"宁可信其有"了。

无影侠为了表白他一往无悔，放弃了武馆及田地的所有权，全转移到发妻吴玲名下，作为愧对贤妻的回报。他被石秀的情毒所困，多次上梅花山，皆无法索到真正的解药。因石秀也只是魔君的一枚棋子，无影侠向来反抗魔君，魔君无法刺杀他，最后命令石秀对他暗下情蛊。

吴玲明知夫君中蛊，但为了一个妖女而弃家，她再贤惠也忍无可忍，强要他全部财产，无非想为难他，希望他知难而退。但那天仿若失心疯，想也不想便签下了放弃全部物业，换取一纸休书。

石秀一再婉拒，态度坚定，说自己是诽谤中的妖女人，绝不和有妇之夫有瓜葛。多年前吃了大亏，已发重誓，除非独身，她才会考虑。

那天，因为毒龙忽然回来，她认为已对魔君完成任务，无影侠已被她迷到人不似人，情蛊深种，再不必对他负责任，因而绝情伤他。

没想到无影侠飞鸽传书，要亲到山上相会，若再避而不见，唯有独战毒龙，明知轰动江湖，也在所不惜。

石秀恐事情闹大，又是好奇，女人不管多强，也有虚荣心，尤其像无影侠那样名重天下的侠客，居然会在她裙下称臣。终于同意赴约，地点在梅花山外竹林密室。

会面时，无影侠拿出一颗蜡丸，在石秀眼前吞下后说："我已一无所有，刚才吞的是'极阳丹'，若你忍心要我死，立即离开，你不献身我就毒发身亡。"

"你又何苦？我俩背景不同，我绝无想过要嫁你，如处理不好，必成江湖笑话。你信我是淫女吗？"石秀一脸认真地说。

"不信，才会对你痴迷如此了。为了你，我发誓不再与魔君敌对，那已背离了我侠义名声。"

未久药性发作，他欲火焚身，石秀宽衣耳语说："报君痴情以身许，你前世欠我今清还，也算庆祝你重获自由身……"

无影侠未死，也没找毒龙决斗，离开密室和她依依分手后，就浪迹天涯。

有说他出家做和尚；也传言他已挥剑斩情丝，远赴东瀛隐姓埋名……

孤帆远影碧空尽

　　峨眉派掌门嫡传弟子兰子，已得师父平生绝技，是众师兄妹中成就最高者，老掌门无影师太有意由她继承大业，发扬峨眉派旷世武学。

　　云英未嫁的兰子，鲜少言笑，柳眉淡扫，圆脸配上细嘴，双眼灵动有神，声音轻柔甜美，姿色虽非艳丽过人，但因其英气散发，自有股无形引力，令异性产生好感。

　　兰子艺成下山后，到处行侠仗义，济世助人，侠名远扬。大江南北江湖道上，黑白两道均以"兰子女侠"称之。

　　武当山的传人一哥，早已听闻兰子女侠种种被颂扬的事迹。这位在太极武术中沉浸多年，有其独特成就的一哥，由于醉心武功，过了而立之年还无家室，他深信姻缘是前定，急也无用。自从知道了兰子侠名后，决心去会一会这位江湖侠女，要试试是否言过其实。

　　无巧不成书，那天在长江畔醉仙亭，一哥独酌想着心事，数杯浓烈的竹叶青落肚，酒意上涌。突然瞧见楼下几个大汉围攻着持柳叶刀的女子。他也没细想，侠义心肠顿涌，一跃而起，轻轻旋落街心，劲风迫出，左一招"风摆杨柳"，右一招"渔翁撒网"，在那几个大汉愕然中，再使出"双龙出海"。几个被劲风迫退的汉子知道来了高手，彼此打个眼色就匆匆闪躲无踪。

"阁下何人？谁要你多管闲事？"莺声娇喝，刀光迎面而至。一哥施出武当太极拳，沉稳反击，一时刀影迷茫，拳风呼呼，围观者眼花缭乱，竟难分雌雄。

拳来刀往中，一哥心中有气，不愿和这个不识好歹的女子纠缠。微微用劲，震开刀锋，出其不意用一招"怀中抱月"，恰恰把对方拥入怀里，抱个正着。

他并非登徒子，无非想让她知难而退，但女子一时失手，无法闪避，娇躯被他搂进怀中，立即粉脸飘红。从未亲近异性的她，刹那间本想挣扎脱困，谁知在那浓烈的男人气息中竟身软无力。

一哥满怀歉意地轻轻推开她，她红着脸轻声细问："原来是武当大侠一哥，久仰了。"

"唐突勿怪，大名鼎鼎的兰子女侠，今日有幸得见，实慰平生，先前那些人为何围攻你？"一哥从她的峨眉刀法中猜出了她的身份。

"一群无赖，不提也罢！谢谢你出手相助，在下有事要赶路，就此别过。"兰子抱拳为礼，转身而行。

一哥赶快追上前，讪讪地说："对不起，都是我有眼不识泰山，以女侠的武功，哪还要我帮手？有缘相识，如蒙不弃，可否留个联络处？"

兰子放慢脚步，叹了口气，幽幽地说："我也不知道在海外的地址呢。师父要我远渡重洋去澳洲弘扬峨眉派武学。唉！"

"什么？你要离开中原武林，去那么远的地方？"一哥瞪着大眼，一丝无可名状的惆怅顿涌。

"是的，回山打点，几天后就走了。"她也有说不出的感慨，被他当街横抱，居然不怒，连自己也理不清是何缘故。

一哥匆匆停步，写下了武当山的居处，交给她，说："你到了海外，写信给我好吗？"

兰子接过，瞟了他一眼，轻声说："三年后我是应该回来了。"

一哥默默地陪伴她到江畔码头，分手前四目交投，兰子展现了少有的微笑。一哥望着她的身影上船，真有股莫名的冲动想跟她走。船开后，码头变回清冷，他依依不舍地远眺着渐渐驶出江心的航船，兰子立在船头的影子，淡淡投入江水中。

一哥开始了等待，无尽期地等着海外寄回的信，伊人已渺，也不知发生了什么事，兰子并无寄回片言只字。

三年后，一哥旧地重临再到长江畔的醉仙亭，他要了个面江的座位，独酌自饮，烟波浩渺的江面，远远荡漾着的孤帆，掀不起水面的涟漪。直到黄昏日薄，江面再无船影，一哥长啸，声震瓦砾，跃身而下，人就消失在江畔了。

　　从此，江湖再不闻一哥的仗义事迹。长江畔醉仙亭楼上，每隔三五天都会看到有个醉翁，面向江水独饮，也不与人交谈，只眼色忧郁地盯着静静的江水……

附录

澳洲微型小说的一面旗帜

古远清

  随着生活节奏的加快，在海外华文文学创作中，微型小说日益成为作家们开拓的一个领域。特别是世界华文微型小说研讨会连续在东南亚各国召开以来，华文小说创作成为世界华文文学一道迷人的风景线，以日常生活和社会现象为题材的微型小说，更是风靡一时。澳洲心水的微型小说集《养蚂蚁的女人》（澳洲丰彩设计制作室出版），就是近年来成功地表现饮食男女、恩爱情仇、欲海浮沉、善恶之缘的都市生活，并有着自己艺术追求的作品。

  《养蚂蚁的女人》是一部凭感觉把握的微型小说。作者在其精心构思的作品中，提供了丰富的人生感悟，并由此出发，把清晰的回忆，潜意识的道德主题，一波三折的情节及一系列的心理感受，巧妙地组织在梦幻缥缈、阴阳有界及有关人生思考、社会评价的微型小说创作中。

这也是一部表现人性丑陋的微型小说集。在经济飞速发展的形势下，欲望、物质等一切世俗的追求全都浮在外表，给人们构成难以抵挡的诱惑。在这种诱惑面前，是洁身自好还是同流合污，每个人都要作出抉择。心水的创作动机，均与这种抉择有极大的关系。一些人经不起考验，像《开会》的主角招进宝那样不是在各种社交场合中追逐名利，就是在看三级片中消磨时间。他的沉沦，难道不应成为人们自我反省的一面镜子吗？

这又是一部表现华人传统与西方文化冲突的微型小说集。华人来到西方后，如何适应新的生活环境，和当地的文化是对抗还是交融？这是心水经常思考的问题。如《父子对话》，表现了两代人的冲突。这冲突，其实也就是华人到了澳洲，在认同当地文化的同时，还能否承继中华文化的优良传统。母亲希望儿子会讲中国话，会读中文书刊，还会用中文写作，可儿子认为中文太难学，远没有英文容易掌握："我情愿不懂中文，我也许会更快乐。"后来父亲和阿姨偷情，为达到结合的目的竟杀掉已成植物人的妻子，这更加深了儿子的对抗。由中西文化冲突写到家庭悲剧，使读者感到中西文化的沟通如处理不好，会带来严重的后果。《天体俱乐部》则写一位不懂外语的留学生，对西方人的生活方式既不去适应也不想去了解，以致出了一次洋相——在众人面前赤身裸体。这种移民社会的众生相，使我们看到了"华人传统与西方文化"碰撞后产生的千奇百怪的现象。

《回头是岸》光看题目就很有警世意味和东方特色。它的艺术力量在于作者提出了长辈应如何教育下一代这一命题。一是华人社会的主流均希望下一代不忘自己是炎黄子孙，对母语中文要做到能读能写。最好上大学，尤其是上本地最好的墨尔本大学，以高等华人的身份进入西方社会。于是，学中文自然成了通往仕途的敲门砖。二是该不该对下一代溺爱，比如，作品中写到父亲让儿子读最好的私立学校，要汽车也给他买，这种做法到底是爱他还是"害"了他？三是父亲是否要言传身教，以身作则，给儿子作出榜样。小说中的父亲一面教育儿子要努力学习，好好做人，而自己却天天到赌场玩到天亮。儿子最容易模仿父辈的行为，于是儿子很快染上了不良习惯——抽烟、泡妞、赌博，以和迫他学中文的父亲对抗。随着情节的开展，连名字也带洋味的迈克最后开快车撞墙而死。这种悲剧结局，不断唤起读者对如何处理好两代人的关系，做晚辈的能否因家庭压力而自暴自弃，没有好父亲是否就要采取自残的手段来结束自己的宝贵生命这一系列问题的反思。

作品的分量不能用数字的多少来衡量，鸿篇巨制与"一分钟小说"各有所长。正如有人所说："百米奥运冠军女飞人乔依娜和五千米奥运冠军东方神鹿王军霞孰长孰短？"微型小说虽然不像长篇小说那样以宏大叙事刻画众多的人物著称，也不似中短篇小说以塑造典型环境中的典型性格见长，但它通过删繁就简的形式，把生活面貌真实集中地展现出来，使读者能从不同角度去分辨，去品尝其中的韵味。心水深谙此道，故他这些年来利用业余时间努力创作，让自己丰富复杂的人生经历用一瞬间闪烁的灵感之光表现出来，于是便有一系列作品问世，使其成了澳洲微型小说的一面旗帜。

心水的微型小说以写人为主，归纳起来有三大特色：一是写人生百态，二是具有教育功能，三是富有娱乐性。

《诡计》以其独到的视角，讲述去澳留学女生为偿还欠下的旅费和昂贵的学费，到夜总会做公关小姐的复杂经历。为了逃避嫖客的纠缠，她先是夺门而逃，后是谎称自己有艾滋病，可后来真的碰到一位艾滋病患者，这位患者说："哈哈！我们正好同病相怜，以毒攻毒。没找到安全套我本来不会强要的，我虽然被害惨了，却不愿害无辜的人。"他似饿狼般伏上去，她拼命挣扎，两眼惊恐万分，在撕裂的痛楚里泪珠如雨涌泻……

看似巧合，实为逼真的"偶然中含必然"的艺术浓缩和提炼，道出了移民女学生冒险的谋生手段及其生存困境，为"卖艺不卖身"的不切实的幻想者敲响了警钟。

任何一位作家在描写人生百态时，都不可能完全不夹带个人情感而做纯客观的描写。不管他自己有无意识到，当他确立写什么及如何写时，都难免会包含对生活的评价和对人物的爱憎。作家表现纷纭复杂的生活现象时，不仅向读者提供故事情节和人物命运，而且还会告诉或暗示读者什么是美的，什么是丑的，什么是应该学习的，什么是应该扬弃的，从而提高读者的道德情操和精神境界，这就是文学的教育作用。

心水是一个有社会责任感的作家，他的微型小说常常有道德的主题，那就是劝人们不要赌博，不要搞不正当的男女关系，更不要行凶。总之，要遵纪守法，做一个有素质有操守的公民。在《借》中，作者先是写王敬不断借妻子的身体发泄兽欲，而不管对方有无生理需要，后来自己却被另外的女人以同样的手法玩弄。这篇作品通过情节的逆转和角色的转换，告诉读者无论是男的背妻偷人还是女的背夫偷汉，都没有好结果。改进婚姻生活质量，弥补夫妻生活缺陷，不应通过一夜情去填补，而应彼此尊重，互相了解，加强沟通。《双妻命》写尹振华对爱情不专一，在国内有妻子，在国外又有一个太太，还不断地乱交以致染上了艾滋病，这是对犯重婚罪者的惩罚。心水的这类描写婚姻家庭生活的作品，对读者形成正确的爱情观和规范健康的夫妻生活，以及提高读者精神境界和道德操守，均有助益。

布莱希特是欧洲戏剧革新派的一个重要代表人物。他提出了一个很深刻的命题：戏剧要把辩证法变成娱乐，要通过娱乐性去启迪观众思考，让观众在艺术欣赏中获得思考的快乐。心水所写的虽然不是戏剧，但他的微型小说充满着戏剧性的转化，并通过这种转化使读者得到愉快和休息。《养蚂蚁的女人》就是这样一篇娱乐性极强的作品。作品写丁媚明明知丈夫章弦在外边拈花惹草，可还是装着贤良的德性不加计较。她知道自己身体器官的缺陷，胸部平坦如飞机场，不能满足对方的生理要求，可后来当她知道自己的丈夫被一个胸部豪涨的女人占领时，积压心底的怒火像野火般燃烧起来。她趁丈夫熟睡时，到厨房拿出一罐蜜糖，将蜜浆用手均匀地涂在丈夫的裸体上。

章弦没有醒过来，他死得莫名其妙，全身爬满成千上万只红蚂蚁，醉中被蚂蚁活活咬死，身上每寸肌肉都被噬嚼过，尸体红肿。

这种杀人方法很独特，很好"玩"，但在现实中是否行得通，还有不少疑问。比如，章弦刚开始被蚂蚁咬时，身体不可能没有反应，而一旦有反应，就会醒过来或下意识驱赶蚂蚁，赶不走还有可能到浴室里去冲洗，总不至于一咬到底或一咬致死吧？但读者不会去考虑这些，因为章弦喝得烂醉，已没有反抗能力。另外这个女人的仇恨像火山般爆发，一定会想尽千方百计置他于死地。正是通过这种独特的杀人方法，使读者反思丁媚明的报复手段不可取。面对好色的丈夫，她应采用批评教育或心理治疗的手段，或通过法律途径解决，而不应该残忍地消灭对方的肉体。杀人需偿命，作品虽然没有写出她的结局，但读者完全可以猜想得到。

目前，在影视界有"娱乐至死"的倾向。心水的微型小说虽然故事情节带有娱乐倾向，但作者并不仅为娱乐而娱乐，而是寓教于乐，在轻松的叙述中隐藏着一个严肃的主题，这正是作者的使命感所致。

心水的微型小说也有明显的不足，如有些细节在不同作品中重复，个别词语也在作品中一再出现。如何不重复别人，也不重复自己，这是他今后需要面临和突破的一个重要问题。

墨尔本作为澳洲一座商业十分发达的国际大都会，在强悍的商风劲吹下，人们对物质的追求有增无减，精神的缺失把纯文学创作尤其是华文小说迫到边缘地带，微型小说创作的艰难可想而知，但心水始终以坚韧的精神守护着这片精神家园。他不怕华文创作在澳洲读者甚微，愈在困境中愈见其精神。目前，其作品不断见诸澳洲、美国、加拿大、荷兰、德国、新加坡、泰国、马来西亚及中国内地、中国台湾地区。如此执着自己的文学理想，必将彰显出卓尔不群的光芒。